EL TOQUE DEL RAYO

SERIE CHICOS DE LA TORMENTA
LIBRO 3

N.R WALKER

CRÉDITOS

SINOPSIS

Sin una oficina en funcionamiento, Jeremiah tiene la tarea de reparar la estación meteorológica automatizada en La Isla de Oxley. Es un lugar remoto, solo se puede acceder a él en barco, y como hay muchas probabilidades de que haya cocodrilos, le tiene pavor.

Tully, por otro lado, no puede esperar.

Con una licencia de barco, el barco de su padre, dos días a solas con Jeremiah y con probabilidad de tormentas eléctricas, para Tully, es otra aventura perfecta.

Pero sus planes se tuercen cuando la investigación de Jeremiah se acerca demasiado para su comodidad. Hace treinta años, el día que un rayo tocó su vida, cambió para siempre.

Está a punto de cambiar de nuevo, solo que esta vez está decidido a hacer las cosas bien.

NOTA DE LA AUTORA

Esta serie es estrictamente ficción. Las oficinas de meteorología reales no funcionan así en la vida real. La autora es muy consciente.

Se han tomado licencias creativas con respecto al seguimiento del clima, los sistemas de predicción y todas las prácticas meteorológicas mencionadas en este documento.

Es simplemente un viaje divertido y loco destinado solo a fines de entretenimiento.

Por favor, ¡disfrutadlo! Para eso es.

Y como referencia, *Storm Boy and Mr Percival,* traducido, El chico de la Tormenta y El Sr. Percival, como se mencionan este libro, son de una novela clásica australiana muy querida (de Colin Thiele, 1964) y una película (1976 y 2019).

¡Gracias por leer!

EL TOQUE DEL RAYO

N.R. WALKER

SERIE CHICOS DE LA TORMENTA
LIBRO TRES

CAPÍTULO UNO

JEREMIAH

Veintitrés.

Veintitrés personas habían muerto en el ciclón Hazer y, un mes después, pensaba en ellas a menudo.

Veintitrés.

Un número que no podía sacarme de la cabeza.

Tully me había dicho que yo no era responsable de ellos, y la parte lógica de mi cerebro sabía que tenía razón. "Salvaste muchas más vidas", había dicho. Y había sido paciente conmigo, y amable y solidario. Era íntegramente perfecto.

Mientras que yo me sentía desesperado. E indefenso.

Necesitaba trabajar. Necesitaba volver a hacerlo y ser productivo. Necesitaba estar funcionando como normalmente hacía.

Y mi oficina no funcionaba.

Solo tenía un ordenador portátil provisto por el departamento, ya que el mío se quemó por la sobrecarga eléctrica cuando estábamos en el búnker, y luego, por supuesto, con el ciclón, pero estaba agradecido de que me hubieran enviado algo.

Agregué todos los datos que había recopilado para mis informes personales. Recopilé estadísticas y cifras sobre la frecuencia cardíaca durante las tormentas y el ciclón, tanto de mi correa para el pecho como del reloj. Fue interesante, por decir lo menos. Y había recopilado más análisis estadísticos en mi tiempo aquí que en los años anteriores.

Pero no era trabajo.

Era el tiempo más largo de mi vida en el que no había estado trabajando activamente, o estudiando para trabajar, o haciendo algo productivo. Lo necesitaba.

Así que, sí, el ordenador portátil era excelente y me permitía estar en contacto con la oficina y ver bucles de radar durante horas y horas. Pero no era suficiente para administrar la oficina.

Todas las advertencias oficiales de la oficina para el Territorio del Norte se estaban emitiendo desde Queensland y Australia Occidental, y tuve que preguntarme si tenían alguna intención de volver a abrir la oficina de Darwin.

Tal vez estaban esperando que la exageración de los medios se hubiera disipado por completo antes de anunciar que estaba despedido.

Y hubo exageración mediática.

Lo cual era ridículo. Pero sí, el meteorólogo de ojos azules, cuya madre era la famosa dama de los rayos, había logrado enviar un mensaje de advertencia a través de un viejo sistema de radar escribiéndolo sobre la secuencia de ubicación de la oficina.

Bueno, hubo exageración mediática en toda Australia, e incluso fue noticia en todo el mundo, pero no tanto aquí en Darwin.

Dado que todos estaban sin electricidad inicialmente, luego la mayoría de los informes de noticias y actualizaciones se referían a información de salud y seguridad, no fue sorprendente que mi historia quedara enterrada.

Y me alegré de que lo hubiera hecho.

La familia de Tully lo sabía, por supuesto. Él había reproducido las imágenes de las noticias cien veces. Y Doreen lo sabía porque lo había presenciado.

Pero a nadie más le importaba una pizca.

Gracias a Dios.

Teníamos suficiente de qué preocuparnos. Los supermercados estaban racionados, pero teníamos electricidad. Nuestras líneas telefónicas fueron restauradas después de unos días, e Internet unos días después. Mucha gente fue desplazada, mucha gente había sido herida.

El número de muertos ascendía a veintitrés.

Veintitrés personas.

Veintitrés vidas desaparecidas para siempre. Veintitrés hoyos donde estaría el ser querido de alguien.

Era un número horrible.

Un número del que no era responsable. Lo sabía. Pero aún… era un número que no podía olvidar fácilmente.

Tampoco podía olvidar cómo, durante la mitad del ciclón, tuve un momento de disociación. Pleno razonamiento mental de que el ciclón no estaba pasando, que el ruido ensordecedor ya no estaba.

Que simplemente podría salir y arriesgar la vida de todos los que se refugiaron en la oficina para salvar a un pájaro empapado y medio muerto.

Un pájaro que, contra todo pronóstico, ahora estaba prosperando.

El Sr. Percival se aposentaba en el respaldo del sofá, su lugar favorito, y graznaba pidiendo más comida. Buscamos el consejo de un veterinario local que nos proporcionó requisitos dietéticos más adecuados que lo ayudaron a aprender a alimentarse por sí mismo, y el pequeño estaba creciendo muy bien.

Estaba perdiendo las plumas grises, reemplazadas por el negro brillante más adulto. Era curioso, inquisitivo e inteligente. Le gustaba subirse a mi hombro y dormir contra mi cuello cuando veíamos la televisión.

Que era donde estábamos cuando Tully y Ellis llegaron a casa.

Habían ido a trabajar y luego habían tenido que resolver más asuntos legales del seguro para la casa de Ellis. Como la mayoría de la gente en Darwin después del ciclón Hazer estaba descubriendo, la burocracia y los trámites burocráticos retrasaban todo.

Pero al menos Ellis tenía seguro. Muchas personas no tenían uno.

—¿Qué tal fue? —pregunté, sin levantarme.

Ellis arrojó un fajo de papeles sobre la mesa de café y luego cayó sobre el sofá.

—Misma mierda, diferente día.

Tully dio la vuelta y se detuvo cuando me vio.

—Ese pájaro está en mi lugar —dijo. Luego se acercó y le dio al Sr. Percival una suave caricia—. Suerte que es bonito.

—Está mejorando en el vuelo —le dije—. Creo que deberíamos dejar su jaula en el patio con la puerta de la jaula abierta para que pueda entrar y salir cuando quiera.

Los ojos de Tully se encontraron con los míos.

—¿Quieres deshacerte de él?

—No. —El Sr. Percival revolvió sus plumas y decidió saltar a mi pierna, luego a la pierna de Tully, donde hizo su pequeño baile feliz en su muslo—. Quiero que sea feliz y que esté donde debe estar. Que esté volando en libertad con otras urracas.

Tully me miró con ojos de cachorrito.

—Oh, pero estarás triste.

Me reí.

—Sobreviviré. Pero aún no está listo. Todavía necesita ayuda para comer esas larvas.

Tully intentó acariciar de nuevo al Sr. Percival, pero el Sr. Percival le picó el dedo.

—Ay. Eso no es un gusano, pequeño.

El Sr. Percival decidió graznar y cantar, justo cuando sonó el teléfono de Ellis. Se puso de pie y contestó mientras subía las escaleras de dos en dos. Tully me dio un codazo.

—Ha estado hablando con Grace.

—¿Su ex?

Tully asintió.

—La llamó para verla después del ciclón, la ayudó con algunos daños, tapando algunas ventanas o algo así. De todos modos, ha habido algunos mensajes de texto y llamadas telefónicas.

Lo había notado sonriendo a su teléfono últimamente.

—Bien —dije—. Se merece un poco de felicidad.

—Necesita un buen polvo —dijo Tully rotundamente—. Puede que no sea un hijo de puta tan malhumorado.

Resoplé. Era tan encantador.

—Acaba de perder su casa y todo lo que había en ella. Se le permite ser un poco irritable. Además, está viviendo contigo. Su mayor agitador.

—Yo no lo agito.

—Claro que lo haces. Ambos sois tan agitadores como el otro.

Tully hizo un puchero y fingió estar de mal humor.

—Ahora yo estoy de mal humor.

No me molesté en responder. Sabía lo que venía.

Me puso ojos de cachorro de nuevo.

—¿Sabes qué me haría sentir mucho mejor?

—Tengo una buena idea, sí.

Él sonrió.

—Una estrella de oro.

Suspiré. Y ahí estaba.

—Bueno, al menos no dijiste un buen polvo.

—Oh, créeme —dijo con seriedad—. Existe una clara correlación entre un buen polvo y la estrella dorada.

Me reí.

—¿En serio?

Él asintió sin vergüenza.

—Y planeo conseguir ambos.

CAPÍTULO DOS

TULLY

NO ESTABA BROMEANDO SOBRE LA TABLA GRÁFICA CON estrellas doradas.

Jeremiah podría haber pensado que era una broma al principio, y se rio cuando se la mostré por primera vez. Pero la vez que solo le di una estrella plateada en lugar de una dorada, se lo tomó muy personalmente e hizo su misión de ganar estrellas doradas cada vez.

Cada.

Vez.

Y honestamente, su desempeño estuvo muy por encima de la estrella de plata que le había dado, pero ¿sus esfuerzos desde entonces?

Absolutamente valió la pena.

Sé que la gente habla del pan rebanado y la penicilina, pero puedo declarar, sin lugar a duda, que el monitor de frecuencia cardíaca con correa para el pecho fue el mejor invento de la historia.

La vida había sido bastante buena, considerando todas las cosas.

Había pasado un mes desde que el ciclón Hazer destrozó a Darwin.

Un mes de vivir con Jeremiah. Un mes de aprender más uno del otro. Un mes de ajuste. Un mes de verlo vincularse con el Sr. Percival, darle de comer, ver la televisión y hablar con él.

Un mes en el que me enamoré más de Jeremiah de lo que jamás creí posible.

El mejor mes de mi vida.

Sin olvidar el mes de vivir con Ellis. Incluso eso fue divertido. Nos daba a Jeremiah y a mí todo el espacio que podía, pero incluso verlos hacerse amigos me hacía feliz.

También fue un mes de servicios esenciales interrumpidos, suministros de alimentos interrumpidos, reconstrucción interrumpida. Había habido mucho trabajo duro por parte de todos, pero las cosas estaban volviendo lentamente a la normalidad.

Excepto por la oficina de Jeremiah. Todavía estaba completamente fuera de funcionamiento, pero teniendo en cuenta que requería una modernización y equipamiento completos, no era sorprendente.

Pero cosas como pruebas médicas que no eran de emergencia estaban disponibles, pruebas, como todas las pruebas de ETS, por ejemplo. Pruebas, lo que significaba que Jeremiah y yo recibimos el visto bueno para deshacernos de los condones.

Por eso, a medianoche, estaba boca abajo en mi cama con el trasero en el aire y el monitor de frecuencia cardíaca alrededor de mi pecho, mientras me agarraba a las sábanas y maldecía a Jeremiah para que se diera prisa.

—Te juro por Dios, Jeremiah, que si no estás dentro de mí en los próximos treinta segundos...

—Estoy dentro de ti —murmuró deslizando sus dedos lubricados dentro y fuera.

Traté de ponerme de rodillas para poder darme la vuelta y discutir, porque sus dedos no eran a lo que me refería y él lo sabía, pero empujó mi cabeza hacia la cama, con el puño apretado en mi cabello.

—Quédate abajo.

Oh, diablos, sí.

Las lecturas del ECG iban a estar fuera de serie.

En contraste con el tirón del cabello, muy suavemente pasó sus manos por mi espalda y presionó su polla contra mi agujero.

—¿Estás seguro de que quieres esto?

—Te lo juro por el maldito Cristo —dije—. Si no lo haces…

Y entonces lo hizo.

Empujó su polla desnuda dentro de mí, resbaladiza, caliente y tan excitante. Hasta el fondo, en un empujón largo y lento. Sus dedos se clavaron en mi piel e hizo el jodido sonido más caliente. *Un gemido donde el placer es tan bueno que baila con el dolor…*

—Oh, mierda —dijo con voz áspera.

Dios, me encanta cuando maldice…

La sensación de él, piel sobre piel, sabiendo que era él dentro de mí y nada más, ninguna barrera entre nosotros, me hizo sentir calor por todas partes. Quemaba en mi pecho, el amor que sentía se solidificó en algo más, algo más profundo.

Empujó hasta el fondo, sus caderas al ras de mi trasero, y movió sus caderas de esa manera que sabía que amaba. Se quedó quieto, respirando con dificultad, antes de retroceder un poco y hacerlo todo de nuevo.

Tiró de mi hombro hacia arriba, así que estaba de rodillas, con la espalda contra su pecho. Y me abrazó así, enterrado dentro de mí, y besó mi cuello, mi hombro, sus manos sosteniéndome, clavándome. Pero gimió de frustración.

Y luego se retiró.

—¿Qué ocurre? —pregunté confundido.

Tocó mi cadera.

—Date la vuelta. Necesito ver tu cara.

Obedecí rápidamente y él se inclinó sobre mí, entre mis piernas, y dobló mis rodillas hasta mi pecho. Y me besó, profundo y lento, mientras se hundía de nuevo en mi interior.

Oh, dios, sí.

Esto. Justo aquí.

Envolví mis brazos y piernas alrededor de él, dándole todo mi cuerpo. Estaba tan dentro de mí, su pene y su lengua, y todavía no estaba lo suficientemente cerca.

Quería más.

Me dolía por eso.

—Jeremiah —susurré.

Él gimió y se estremeció, y con su frente presionada contra la mía, sus ojos implorantes, se quedó quieto, tenso.

—Tully —siseó—. Estoy tan cerca que no puedo aguantar. Dime si no quieres esto.

Deslicé mi mano a su mejilla.

—Dámelo.

Podía sentir su polla contraerse, imposiblemente dura e hinchada y muy dentro de mí. Sus ojos se cerraron, y empujó en mi interior, yendo hasta el fondo, y dulce madre de dios…

Pude sentirlo.

Pude sentirlo mientras se corría.

Todo su cuerpo se puso rígido, su cabeza se echó hacia atrás y las venas de su cuello se hincharon. Un sonido animal salió de algún lugar profundo de su garganta.

Podía sentir todo su cuerpo sacudirse y latir mientras se derramaba dentro de mí.

Nunca había sentido algo así. Nunca había experimentado algo así.

Sostuve su rostro y cuando colapsó sobre mí, su aliento contra mi cuello, envolví mis brazos alrededor de él y lo abracé con fuerza.

Estaba atormentado por los temblores, y gimió cuando comenzó a salir. Mantuve mis piernas alrededor de él, sosteniéndolo justo donde estaba.

—Quédate —susurré.

No quería que se fuera.

Echó la cabeza hacia atrás, sus ojos estaban vidriosos y soñadores, y me besó. Boca abierta, lengua profunda, su rostro inclinado para poder besarme aún más profundo.

Y comenzó a mecer sus caderas, deslizando su

miembro medio duro dentro y fuera, como si estuviera tratando de meterse en mi cuerpo. Como si estuviera tratando de decirme algo...

—Jeremiah —murmuré.

Su mirada se encontró con la mía, y su fuego azul me tomó por sorpresa.

—Tienes mi semilla dentro de ti —suspiró.

Jesús jodido Cristo.

Guau.

Sus palabras calentaron mi sangre desde los dedos de mis pies hasta mi cuero cabelludo.

Rara vez sabía qué palabras saldrían de su boca, pero nunca esperé que dijera eso.

Lentamente se retiró y miró hacia abajo entre nosotros.

—Y aún no te has corrido.

—No necesito hacerlo —respondí—. Lo que acabamos de hacer...

—Quiero que me lo hagas —dijo apresuradamente —. Quiero eso.

Umm.

¿Follarlo?

—¿Ahora?

—Ahora mismo.

Estaba tan aturdido que no podía hablar. Una vez dijo que sería pasivo si se sentía bien, aunque nunca habíamos explorado eso porque yo era una pequeña zorra desvergonzada y necesitada a la que le encantaba que lo follaran.

Aparentemente.

Él frunció el ceño.

—A menos que no quieras…

Nos di la vuelta tan rápido que gritó de sorpresa y me reí.

—Claro que quiero. —Acerqué su nariz a la mía—. ¿Estás seguro?

Asintió.

—Mucho.

Luego, como si no necesitara palabras para decirme lo que quería, se dio la vuelta, abrió las piernas y levantó un poco el trasero.

Deslicé mis manos por la parte posterior de sus muslos hasta las nalgas.

—Eres tan mandón.

—Espero estrellas doradas —murmuró sobre la almohada.

Me reí y me incliné sobre él para poder susurrarle al oído.

—Puedo sentir tu corrida en mí. ¿Quieres la mía en ti?

Contuvo el aliento y estiró la espalda, levantando las caderas. Pero no, no iba a dejar que él dictara todo este espectáculo. Lo sujeté, inmovilizándolo, y gruñí en su oído.

—Siempre te daré lo que quieras. Sea lo que sea, nene. Te lo voy a dar.

Se retorció bajo mi agarre, incapaz de contener su necesidad.

Sabía cómo se sentía. Ese sentimiento de dámelo antes de morir. Para cuando lo preparé para mí, sus manos se cerraban en puños en la ropa de cama y su paciencia estaba agotada.

Sus impacientes gemidos y suspiros de súplica prendieron fuego a mi cuerpo. Saber que tiraba de sus hilos como una marioneta… Dios, era caliente.

Y luego gruñó.

Me reí, porque sonaba igual que yo.

Planté una mano en su cabeza, me incliné sobre él y pasé mi nariz por la nuca.

—La paciencia es una virtud Jeremiah.

Gruñó, enfadado.

—Tully, si pretendes hacerme suplicar…

Presioné la cabeza de mi polla contra su agujero y empujé, sus palabras atrapadas en su garganta.

Ahora, había pasado mucho tiempo desde que me follé a alguien, pero nunca fue así.

Nunca.

Y no era porque no estuviera usando protección. Era por él.

Pasé mis manos a lo largo de sus brazos extendidos, besando su hombro y la parte posterior de su cuello, y puse mi peso sobre su espalda. Moví mis caderas lentamente, rodando y penetrando.

Me tomé mi tiempo, saboreando cada segundo. Cada latido, cada respiración.

Quería que sintiera cuánto lo amaba. Quería que se sintiera adorado y apreciado, y que supiera lo agradecido que estaba de que me estuviera dando este regalo.

Un regalo que nunca le había dado a nadie más.

El hecho de que estaba dentro de él, desnudo… estaba tan caliente y apretado, tan perfecto, que me tomó cada fibra de autocontrol que tenía para mantener el ritmo. Quería que durara para siempre.

—Te amo —murmuré, tomando su oreja entre mis labios.

Gimió y entrelazó nuestros dedos sobre su cabeza, levantando sus caderas.

—Tully, por favor.

—¿Estás seguro de que quieres esto?

Jadeó y gimió al exhalar.

—Sí, por favor, por favor.

Así que solté sus manos y me levanté un poco, mis manos ahora empujaban sus hombros contra el colchón, y comencé a empujar más fuerte, más profundo, por más tiempo. No había vuelta atrás, no me detendría mientras perseguía ese pico de felicidad, tan cerca, demasiado cerca…

Mi orgasmo me atravesó, poderoso y devastador, y absolutamente perfecto. Enterrado en él hasta el fondo, mi polla se agitó y se derramó, y él jadeó cuando su cuerpo absorbió cada gota.

Me derrumbé encima de él, tan aniquilado y completamente deshecho que no podría haberme movido, incluso si hubiera querido.

Apenas tenía el poder cognitivo para respirar.

Tenía la intención de cerrar los ojos por un segundo. Tenía la intención de descansar un minuto y luego levantarme y atenderlo, asegurarme de que estuviera bien.

Pero lo siguiente que supe fue que era de mañana.

Su lado de la cama estaba vacío, y cuando miré la hora, vi por qué. Dormí hasta las siete en punto y él ya se había ido hacía una hora. Y estaba triste, porque no lo había revisado, no sabía si estaba bien. Así que me levanté de la cama, mi cuerpo dolía de la mejor manera.

Tomé mi teléfono para enviarle un mensaje cuando vi que había puesto la tabla en mi mesita de noche. Me reí, porque junto a mi nombre y la fecha de anoche había una gran estrella dorada muy brillante y reluciente.

CAPÍTULO TRES

JEREMIAH

Instalar la oficina había sido una pesadilla constante. Desde los problemas de suministro hasta la entrega del equipo a Darwin, hubo demora tras demora.

Y ni siquiera me hagas comenzar con la instalación real.

Comprendía que todos los técnicos, constructores y electricistas estaban ocupados. Darwin necesitaba muchas reparaciones y reconstrucciones, e incluso habían llegado aviones llenos de trabajadores calificados de varias partes de Australia para ayudar.

La respuesta había sido increíble.

Pero todavía era frustrante.

Un mes después y todavía no tenía oficina de trabajo.

Pasé una semana en el aeropuerto de Darwin, ayudando a su equipo de control a restablecer su estación meteorológica. Había sido un trabajo importante, divertido y gratificante. Ser productivo y ayudar en tiempos de necesidad, garantizar que el único aeropuerto de la ciudad funcionara y fuera seguro, hizo más por mi salud mental en una semana que todos los años que había trabajado en Melbourne.

Ayudar a la comunidad, incluso de la forma más pequeña y no concertada que pude, me hizo sentir bien.

Hizo que la culpa fuera un poco más fácil de soportar.

Culpa que no era racional, pero culpa, al fin y al cabo.

Pero Dios mío, necesitaba trabajar. Necesitaba tener mi oficina funcionando. Necesitaba estar haciendo algo.

Había organizado la mayor parte del equipo viejo que ahora estaba en cajas. Toda esta oficina iba a ser demolida, así que todo lo que valía la pena conservar, ahora estaba en el garaje de Tully.

Siendo honestos, no era mucho.

Él se quedó con el casco con la linterna encima. Con qué propósito, era una incógnita. Era viejo y no funcionaba, pero lo hizo feliz, así que…

Un golpe en la puerta me sobresaltó, miré hacia la pantalla de seguridad, la única pantalla que aún funcionaba, y vi quién era.

—Jememiah —dijo una vocecita.

Una vocecita que me hizo sonreír.

Abrí la puerta para Presley y Casey, las dos niñas de esta calle. Las niñas pequeñas que había recogido en una carrera de placaje para salvarlas del impacto de un rayo.

Presley, la más joven de las dos, me llamaba Jememiah, y era bonito.

—Hola —dije—. ¿Tenéis permiso para estar aquí arriba?

—Sí —dijo Casey—. Papá está aquí con el hombre del tejado.

—Ah, bueno. —Bajé los escalones hasta el patio y, efectivamente, vi a Jeff hablando con unos hombres que tenían un remolque de hierro para techos. Lo saludé con la mano, y las chicas decidieron que subirse al Jeep era divertido, y ni siquiera me importó.

Ese vehículo era indestructible, y si las pistas de cerdos salvajes y los baches en el búnker o, de hecho, un ciclón, no destrozaron el coche; dos niñas pequeñas tampoco lo harían.

No era como si tuviera algún trabajo que hacer.

Entonces salió Arty del otro lado de la calle con un plato de galletas, de las de barquillo de colores, y nos las ofreció a las niñas y a mí. Le pregunté por su casa y su gato, y charlamos un rato. Jean y Michael también estaban bien, al igual que la pareja frente a Jeff.

Y eso era lo que tenía de especial Darwin: las personas que lo llamaban hogar.

La palabra "Fuertes" no comenzaba a describirlos.

Tenaces y valientes venía a la mente. Elegir vivir en una ciudad a miles de kilómetros de cualquier otra ciudad, azotada por un calor insoportable y monzones… se necesitaba una raza especial de personas para vivir aquí.

Como Tully y su familia.

Se lo tomaban todo con calma. Ningún problema era demasiado grande o pequeño. Se apoyaban mutuamente y trabajaban duro. Apoyaban a sus empleados, algunos habían perdido sus hogares o sus vehículos, y los Larson hicieron todo lo posible para ayudarlos.

Eran buenas personas, y sí, a pesar de haber estado solo durante tanto tiempo, vivir con Tully y Ellis había sido genial. Tully y él discutían con tanta frecuencia como reían y, a pesar de los insultos y las frecuentes amenazas de homicidio, se querían mucho.

Los envidiaba a todos.

Tener una familia que se amaba tan fuerte como ellos era algo hermoso.

Yo, en cambio, había hablado con mi padre tres veces en el último mes. Y eso incluía el día del ciclón cuando Tully me acercó el teléfono a la oreja, y el momento en que nuestras líneas se reconectaron cuando llamó para decir que había visto mi entrevista donde le dije que estaba bien.

Y una vez después de eso cuando lo llamé.

Nunca habíamos sido particularmente cercanos, pero aun así dolía.

Ahora que vivíamos en extremos opuestos del país, el esfuerzo por mantenernos en contacto parecía demasiado difícil. Tal vez no me había dado cuenta de cuánto esfuerzo había puesto cuando vivía en Melbourne. O más concretamente, el poco esfuerzo que había puesto mi padre.

Ahora podía ver que mi relación con mi padre era un hilo demasiado delgado.

Sin embargo, no me arrepentía de mi mudanza aquí.

De hecho, tal vez reforzó mi determinación. Había tomado la decisión correcta de quedarme.

Nunca me había sentido más amado en toda mi vida

que desde que conocí a Tully.

—¿Estás bien? —preguntó Jeff.

Ni siquiera me había dado cuenta de que se había acercado.

—Ah, sí. Lo siento.

—Espero que mis chicas no te estén molestando.

—No, claro que no. Son una alegría.

Señaló con la cabeza el edificio de oficinas.

—¿Cómo van las reparaciones?

—Lentas.

Suspiró.

—Sí. Aquí igual. Tengo mi casa protegida del agua, así que eso es un comienzo. Pero los chicos del techado calculan que pueden empezar la semana que viene.

—Oh, eso es una gran noticia.

En ese momento, un Range Rover blanco entró en el patio y se estacionó cerca del Jeep. Tully salió, y cuando Presley corrió hacia él, la cargó sobre su hombro como lo hacía con sus sobrinos y la puso en el asiento trasero del Jeep.

—Buenas tardes —le dijo Tully a Jeff, dándome una sonrisa en lugar de saludarme.

—¿Un día tranquilo en el trabajo? —pregunté.

Gimió.

—Ocupado como el infierno, en realidad.

—Lo que explica lo que estás haciendo aquí.

Entonces noté exactamente lo que había pegado en su cuello. Y se dio cuenta de que lo noté, y me dio esa sonrisa que hacía que las mariposas en mi estómago se volvieran locas.

Llevaba la estrella dorada que había puesto en la

estúpida tabla.

—Iba a invitarte a almorzar —dijo Tully—. Porque sabía que no habrías comido.

—Sí, tengo que prepararles algo de almuerzo a estas chicas —dijo Jeff—. Es bueno veros a ambos de nuevo. Ojalá pronto volvamos a ser vecinos.

—Yo también lo espero —respondí.

Reunió a sus dos hijas y, mientras los veía irse, pude sentir los ojos de Tully en mí y la sonrisa que me dirigía, esperando que lo mirara.

—Y de hecho vine para ver si estabas bien después de anoche. Tenía la intención de tratarte mejor anoche, pero me quedé dormido. Ni siquiera te oí marcharte esta mañana.

Me encontré con sus ojos.

—Estoy bien. ¿Qué quieres decir con que querías tratarme mejor?

Se encogió de hombros.

—Para cuidar de ti después… ya sabes.

Ah.

Fingí que no me sonrojaba.

—Me trataste muy bien, si recuerdas. Te ganaste una pegatina dorada, ¿no es así?

Se rio y se levantó el cuello.

—Claro que sí.

—¿Tenías que ponerla en tu camisa?

—Maldita sea, sí, tenía que. —No tenía exactamente vergüenza—. Me gané esto.

No pude evitar reírme.

—Sí, te la ganaste.

Se palmeó el cuello.

—Y esta no es la pegatina de la tabla. La dejé allí. Esta es una nueva.

—Ah, ¿entonces crees que te merecías dos estrellas doradas?

Me miró de arriba abajo y se acercó. Sus ojos se llenaron de un calor muy familiar.

—Podemos entrar a tu oficina y puedo ganarla de nuevo ahora mismo si quieres.

—¿Pensé que estabas invitándome a almorzar?

—Te estoy invitando. —Miró directamente a mi entrepierna—. Estoy hablando de una comida feliz real.

Resoplé y le di un empujón.

—Eres tan básico.

Luego hizo una mueca y susurró.

—He tenido una semierección todo el día. Desde que me desperté. Sigo pensando en lo de anoche, tú follándome, yo follándote, y mi pene no ha parado desde entonces. Especialmente con la equitación sin silla de montar, si sabes a lo que me refiero.

Montar a caballo sin…

Oh.

A pelo.

Puse los ojos en blanco.

Él gimió.

—¡Oh, vamos! Tienes que admitirlo, fue lo más caliente del mundo.

No podía creer que estuviera hablando de esto, en los aparcamientos de mi trabajo, de todos los lugares. No es que alguien pudiera escuchar, pero aun así…

Es decir, lo que decía era cierto.

Tully se rio y se acercó.

—¿Ese rubor en tus mejillas es tu respuesta? ¿Tu cara está roja porque estás avergonzado? ¿O porque fue la cosa más caliente del mundo? —Sonrió—. ¿Estás recordando cómo se sentía?

—Oh, Dios mío, detente —le dije, agarrando su brazo y arrastrándolo escaleras arriba.

Por supuesto que pensó que mandonearlo era un placer. Se rio y apoyó la espalda contra la inútil consola del radar, ofreciéndose.

—¿Quieres hacérmelo otra vez ahora mismo? Porque no obtendrás un no de mí. —Empezó a desabrocharse la bragueta—. ¿O solo quieres chupármela un poco?

El hecho de que mi polla estuviera medio interesada en esa idea no ayudaba.

Dios, ¿en qué me había convertido?

Me acerqué, mis dedos en el botón de sus pantalones. Porque chupársela un poco sonaba como una muy buena idea.

Dios, iba a hacer esto… en mi oficina, durante el día. Yo, de todas las personas.

Me lamí los labios y Tully soltó una carcajada.

—Oh, joder, sí. Solo estaba bromeando, pero si vas a ponerte de rodillas…

Sí. Sí, iba a hacerlo.

Hasta que sonó mi teléfono.

Vi el número en la pantalla y mi corazón casi se detiene.

Oficina Central Nacional.

Todos los pensamientos de felación se habían ido. Dios, apenas podía hablar.

—Tully.

—¿Qué ocurre?

—¿Qué pasa si ellos…? Tully, me van a decir que…
No puedo irme. Tengo demasiado trabajo que hacer, y
te tengo a ti.

El teléfono seguía sonando.

Y sonando.

Hasta que paró.

—Jeremiah —dijo Tully—. ¿Qué estás haciendo?

—No voy a contestar.

—Tienes que contestar.

—Si no contesto, no pueden decirme que me vaya.

Estaba claramente confundido.

—¿Irte a dónde?

—Irme de aquí.

—No te van a decir que te vayas.

Hice un gesto hacia el salpicadero muy oscuro.

—No es como si realmente pudiera hacer cualquier
trabajo.

—No te dijeron que te fueras la última vez que
llamaron. Pasaste una semana ayudando al personal de
la estación meteorológica del aeropuerto.

—¿Qué más puedo hacer aquí? El equipo de repara-
ción aún no ha confirmado el tiempo estimado de
llegada.

—Tal vez eso era para lo que estaban llamándote.

Tal vez.

Excepto que no lo creía.

Mi teléfono volvió a sonar.

—¿Por qué tuvieron que arreglar la red móvil ya?

Tully resopló y cogió mi teléfono, pulsó Responder y

acercó el teléfono a mi oído.

Lo fulminé con la mirada y suspiré.

—Doctor Overton, oficina de Darwin.

—Doctor Overton —dijo una voz familiar—. Peter, gerente de la oficina central nacional. Confío en que estés bien.

—Sí, gracias. —Le quité el teléfono de Tully y lo puse en altavoz, considerando que podía oírlo de todos modos—. ¿Alguna noticia de las reparaciones de la oficina? Espero que tengas buenas noticias para mí.

—Sí, y no.

—No estoy seguro de cómo las noticias pueden ser ambas cosas, Peter. Realmente es más una situación de una u otra. —Y estaba apostando a que las malas noticias eran lo que había estado temiendo.

Sin embargo, los ojos de Tully estaban muy abiertos y llenos de esperanza.

Y un poco preocupados.

—¿Buenas noticias o malas noticias primero?

—Preferiría ninguna de las dos, si soy sincero.

—Buenas noticias primero entonces.

Esperé a que continuara, aunque se hizo evidente que estaba esperando que dijera algo cuando no era yo quien dirigía la conversación.

—Con ellas entonces —agregó—. La remodelación de la oficina de Darwin está programada y confirmada para comenzar la semana siguiente.

—Oh, bueno, eso es una buena noticia.

La sonrisa de Tully se ensanchó y asintió emocionado.

—Esperamos que completar la remodelación sea un

trabajo de tres semanas.

—Bueno. —No estaba seguro de lo que esperaba que dijera—. Una semana para empezar, tres semanas para completar. Es razonable.

—Es bastante bueno, en realidad. Es un reacondicionamiento completo; todo el nuevo cableado e instalaciones tienen que llevarse a cabo primero. No reconocerás tu nueva oficina cuando regreses.

El alivio que sentí fue visceral. ¡Estaban arreglando mi oficina! ¡Y no me iban a despedir! Pero luego pensé en lo que había dicho.

Oh...

—Lo siento. —Mis ojos se entrecerraron en mi teléfono—. ¿Cuándo regrese de dónde?

Tully ya no sonreía.

—¿Cuándo regrese de *dónde*? —pregunté de nuevo, más alto esta vez, cuando Peter aún no había respondido.

—Bueno, esas son las malas noticias.

—Peter —dije rotundamente—. Después del mes que llevamos aquí, no tengo paciencia ni sentido del humor para este tipo de juegos.

—La estación meteorológica remota en la Isla de Oxley —dijo—. Como sabes, tenemos señal, pero el sistema de radar está desconectado. La policía local dijo que pudieron ver desde un barco que el edificio aún está en pie, pero no tienen acceso para evaluar los daños. Es posible que solo necesite un reinicio simple por lo que sabemos. Y bueno, eres el gerente más cercano sobre el terreno... y no estás precisamente ocupado en este momento.

La estación meteorológica remota de la Isla de Oxley.

La Isla de Oxley estaba a unos trescientos kilómetros de Darwin, situada en el extremo norte de la Tierra de Arnhem. Era una isla pequeña sin absolutamente nada más que la estación meteorológica automatizada en el lado este superior. Que, aparentemente, no era más que un pequeño edificio de ladrillo de una sola habitación a kilómetros de cualquier lugar y de cualquier persona.

La isla en sí había escapado de alguna manera al paso directo del ciclón Hazer, pero como la mayoría de las partes costeras del Territorio del Norte, había sido azotada por lluvias torrenciales y fuertes ráfagas de viento. Simplemente no fue arrasada completamente como algunos otros sitios.

Entonces, no muy lejos, ciertamente no al otro lado del país, pero maldita sea, seguro que era remoto.

—¿Cuánto tiempo se espera que esté allí?

Tully todavía me miraba fijamente, con los ojos muy abiertos, pero ahora llenos de más incertidumbre.

—Bueno —dijo Peter—. Estamos tratando de organizar el transporte. Sería un viaje de un día completo con tracción en las cuatro ruedas, y hay acceso por carretera, pero algunas de esas carreteras han resultado dañadas. Algunas calzadas están cerca de ser intransitables si el último informe sirve de referencia.

Carreteras intransitables en Kakadu y la Tierra de Arnhem, infestadas de cocodrilos.

—Sé un par de cosas sobre caminos intransitables por esas tierras —dije rotundamente.

Tully sonrió y asintió con seriedad.

Lo fulminé con la mirada y negué con la cabeza.

Entonces Peter dijo:

—Y aún tendríamos que llevarte en bote desde allí. Sinceramente, sería más rápido en barco desde Darwin. Pero tendríamos que encontrar un lugareño para llevarte a la isla.

—¿Barco? —Repetí. *No* era un fan de los barcos, pero de la idea de conducir más caminos intransitables a lo largo de esos manglares pantanosos… Prefería el barco.

—¿El barco de quién? —preguntó Tully.

—No me di cuenta de que esto no era una conversación privada —dijo Peter.

—Pido disculpas —dije—. Mi… mi novio está aquí. —Me encogí por tener que decir eso en voz alta. Todavía no estaba acostumbrado a decirlo.

La sonrisa de Tully fue espectacular, y sus cejas casi se encontraron con la línea del cabello.

—Novio —articuló.

Suspiré.

Aparentemente, no lo llamaba así con tanta frecuencia.

—Oh, por supuesto —murmuró Peter.

No me gustó su tono.

—Para repetir mi pregunta anterior —continué sin rodeos—, ¿cuánto tiempo se espera que esté allí? No es exactamente conveniente correr al supermercado desde ese lugar, así que tendré que preparar muchas cosas, sospecho. ¿Y qué hay del equipo? ¿Sabemos qué equipo necesitaré para hacer las reparaciones? Si algo de eso es reparable, debo agregar. Si el daño es estructural, no podré hacer nada. Si se trata de reemplazar antenas o satélites, entonces no estoy seguro de cuán útil seré. Apenas estoy cualificado para instalar el equipo, Peter. De lo contrario, ya habría terminado mi oficina.

—Ya no está conectado a la mesonet. Podría ser solo un problema de conectividad —dijo—. O podría ser una cancelación. Podrías llegar allí y no hacer nada más que completar un informe de daños. Tal vez nada sea salvable. De todos modos, es todo equipo viejo.

Resoplé.

—Has visto la lista de equipos de la oficina en la que estoy actualmente, ¿verdad? Todo eso necesita ser reemplazado. Te puedo asegurar que, si el equipo de la Isla de Oxley es más antiguo que el que hay aquí, lo traeré de regreso a la exhibición de la Edad Oscura del Museo de Tecnología.

Tully se rio.

—Sí, bueno —murmuró Peter—. Tu oficina estaba muy atrasada como para una actualización.

Podría decir eso de nuevo.

—De todos modos —continuó—. Nos imaginamos que el trabajo en sí mismo en la Isla de Oxley no debería llevarte mucho tiempo: un día, tal vez dos. Pero lo que está resultando difícil es llevarte allí y traerte de vuelta.

—Si voy en bote, ¿no me esperaría el bote y el conductor? —Seguramente no me dejarían y volverían por mí.

Hizo un sonido incierto.

—En circunstancias normales, sí, pero estoy seguro de que sabrás que muchas compañías de transporte contratado están fuera de servicio debido a los daños del ciclón.

—Soy consciente, sí.

—Incluso podría sugerir que tal vez una de las estaciones de noticias te lleve y, en lugar de pagar, podría filmarte a ti y las reparaciones, estilo documental…

—¡Absolutamente no! Prefiero nadar allí en océanos infestados de cocodrilos y medusas que soportar ese tipo especial de infierno.

Peter resopló.

—Sí, pensé que dirías eso. Era solo una opción.

Tully me dedicó esa hermosa e insufrible sonrisa.

—Bueno, ¿no es bueno que tu novio sea el hijo predilecto del dueño de una de las compañías navieras más grandes de Australia? Resulta que tenemos barcos.

—No puedo llevar un carguero a la Isla de Oxley —respondí—. Gracias de todos modos.

Rio.

—No, eso es un buque de carga, no un barco. Pero tengo una licencia de navegación y acceso a algunas embarcaciones diferentes. Puedo llevarte.

Lo miré.

—¿Podrías llevarme?

Sus ojos se iluminaron cuando me sonrió.

—Absolutamente, joder.

Peter se quedó en silencio por un segundo.

—Eh, ¿esa oferta era legítima? Porque tendré que presentar otro permiso.

Tully estaba tan emocionado que casi saltaba.

—Diablos, sí, era una oferta legítima. —Se palmeó el cuello de la camisa y sonrió—. Sabía que esta estrella dorada tendría suerte hoy. ¿Cuánto tiempo podemos quedarnos?

CAPÍTULO CUATRO
TULLY

PASARON DOS DÍAS HASTA QUE LLEGARON LOS PERMISOS DE Jeremiah y míos para ingresar a las islas de la tierra de Arnhem. Me tomó el mismo tiempo organizar las cosas en el trabajo, a pesar de que solo esperábamos estar fuera por dos días como máximo, y era un fin de semana. Pero mi trabajo había estado más ocupado que nunca, y los días de la semana realmente no importaban desde el ciclón.

Todos trabajaban todos los días.

Pero mamá y papá sabían que todos habían estado trabajando muchas horas desde Hazer, y también sabían que iría con Jeremiah, tuviera o no tiempo libre aprobado.

Después de todo, él iba a ir a una isla remota. Una isla remota a la que solo se podía acceder en barco y era un verdadero esfuerzo llegar, incluso más remota que el búnker.

No había forma de que lo dejara ir solo.

Mi padre tenía dos barcos, y uno en particular era

ideal. Un Sportfisher de veintidós metros. Fue diseñado para pescar, pero sería más que perfecto para lo que necesitábamos. Jeremiah pensaría que el barco era elegante, y era bonito, no me malinterpretes, pero no era el más grande ni el más caro de su clase. No es que esperara que Jeremiah supiera estas cosas.

Papá amaba su barco; iba a pescar en alta mar en cualquier oportunidad que tenía. Lo amaba lo suficiente como para haberlo sacado del peligro cuando el ciclón estaba a punto de azotar. Como todos los barcos de nuestra flota. Su barco de pesca no fue una excepción.

Conforme crecíamos, papá había llevado a todos sus hijos a pescar, al igual que nos llevó a cazar, conducir en moto y acampar en Kakadu.

Rowan prefería pescar. Yo prefería acampar en el búnker y Zoe y Ellis preferían deportes como el fútbol y CrossFit.

Pero todos aprendimos a navegar en barco, como todos sabíamos conducir una moto o manejar una carretilla elevadora. Como todos sabíamos cocinar, limpiar y coser un botón.

Así que llevar a Jeremiah a una estación meteorológica remota en una isla durante un día o dos me sonaba como unas vacaciones. De hecho, esperaba en secreto una estadía de dos o tres días. Sin embargo, él tenía una lista del trabajo que necesitaba hacer y una caja de equipo para hacerlo.

Todo lo que yo había preparado era una caña de pescar, una muda de pantalones cortos y mi cepillo de dientes.

No esperaba que todo fuera diversión y juegos, pero

acompañaría, ayudaría, exploraría el área, tal vez disfrutaría de un poco de pesca y de salir con mi persona favorita. Sin mencionar las formas abrasadoras de las que dispondríamos para entretenernos por la noche, solos y sin televisión.

Todo era una victoria para mí.

La Oficina de Meteorología se ofreció a pagarme y se encargaron de una factura que les envié. Pero ese dinero que me pagaron por mi "servicio de transporte" iba destinado para pedir una silla de escritorio ergonómica de alta gama para Jeremiah, porque la que esperaban que usara no era lo suficientemente buena.

La más barata que le había comprado antes, y la silla de Bruce, el perro, ya no servirían para mi Jeremiah.

Sobre lo cual decidí contarle todo de camino al puerto deportivo cuando Ellis nos llevaba, porque Jeremiah no se enfadaría conmigo delante de mi hermano.

O eso había pensado.

—¿Por qué hiciste eso? —dijo Jeremiah con firmeza —. Se suponía que usarías el dinero para cubrir los costos y gastos de este viaje.

—Porque la silla que te compré antes no es lo suficientemente buena para las horas que dedicas. Y la que heredaste cuando te hiciste cargo de la oficina tiene al menos veinte años, está cubierta de pelo de perro y tiene la impresión de la parte trasera de Doreen —argumenté—. Y sin duda tu oficina central solo aprobaría mierda básica y barata en la nueva renovación, y quiero que tengas solo lo mejor.

Entrecerró esos agudos ojos azules hacia mí.

—Pero ahora me siento mal. Estás cubriendo los

costos de este viaje: el combustible, la comida… cuando dijiste que organizarías todo eso, no esperaba que pagaras por ello. Estaba cubierto en la factura.

—Seguro. Honestamente, la silla no fue tan cara —repliqué—. Pero la forma en que lo veo es que la silla también es técnicamente para mí.

Parpadeó.

—¿Quieres usar la silla de mi oficina?

Le guiñé un ojo.

—Oh, sí. Necesitaba asegurarme de que la silla tuviera el mejor diseño ergonómico para el apoyo de la columna, pero también que sostuviera el peso de ambos porque tenemos que bautizar tu nueva oficina.

Ellis se rio.

—Santo Cielo… —Los ojos de Jeremiah se abrieron cuando se dio cuenta de lo que quería decir. Miró a Ellis, luego me dirigió una mirada bastante aguda mientras se quemaba en un espectacular tono de rojo—. Ay, dios mío.

Solo me reí.

—Los barcos y los buques se bautizan rompiendo una botella de champán antes de su viaje inaugural. Las sillas de oficina deberían recibir un golpe y aplasta- miento similar.

Ellis se partió de risa.

—¿Compraste la silla en un sex shop? Porque esas son totalmente dignas de su servicio.

Resoplé.

—No. Pero si pudieras enviarme un enlace, sería genial. Edición gay, gracias.

Jeremiah suspiró y se volvió para mirar por la

ventana, aunque las puntas de sus orejas se pusieron rojas.

Era tan malditamente bonito.

Y ya estaba acostumbrado a mí y a Ellis.

Un poco.

—Todavía no tenías que gastar el dinero en mí —añadió Jeremiah—. Una silla de oficina estándar habría sido suficiente.

Estaba enfadado porque había usado el dinero en él porque solo estaba acostumbrado a pagar sus propios gastos. Tuvo que ahorrar para cada cosa en su vida o vivir sin ella, y yo comprándole cosas lo hacía sentir incómodo.

—Déjalo que te compre lo que necesitas, Jem —dijo Ellis suavemente. Sabía que a Jeremiah le costaba que cualquiera gastara dinero en él por cualquier cosa—. Compensa su terrible sentido del humor.

Jeremiah le dirigió una mirada que decía, en términos inequívocos, que Ellis y yo compartíamos sentidos del humor idénticos. O tal vez fue por el uso del apodo Jem. El hijo menor de Rowan lo había llamado así porque no podía decir su nombre, al igual que Presley y Casey, que lo llamaban Jememiah.

Era lindo cuando los niños lo llamaban así, aparentemente. Los adultos, no tanto.

Resoplé.

—Cariño, si me quedo con el dinero por llevarte a la isla, me convertiría en una Julia Roberts de la vida real en *Pretty Woman*.

Se volvió para mirarme con los ojos entrecerrados.

—¿Qué?

Así que le expliqué.

—Me estarías pagando por quedarme contigo y por el increíble sexo que vamos a tener —le dije—. Lo cual es técnicamente prostitución. Y tendremos mucho sexo increíble, porque dos o tres días solos tú y yo y nadie más, es mucho tiempo. Ahora, no tengo ningún problema con la prostitución o con interpretar el papel de Julia Roberts si quieres ser Richard Gere. O podemos turnarnos con cuál de nosotros quiere ser la mujer bonita. No tengo ningún problema con eso.

Ellis se rio.

Jeremiah parpadeó lentamente antes de suspirar.

—A veces tu mente es un lugar espantoso.

—He estado diciendo eso durante años —dijo Ellis mientras estacionaba el coche en un aparcamiento del puerto deportivo.

—Llegamos. —Salí y sostuve la puerta de Jeremiah abierta para él. Mientras salía y cuando Ellis no podía escuchar, susurré—: Sin embargo, quiero ser Julia primero, ¿te parece bien?

Sonrió cuando cerré la puerta detrás de él, y Ellis ya tenía el maletero abierto.

—Oye, gilipollas, ven a buscar tu bolsa de viaje —dijo Ellis.

—Oh —dijo Jeremiah, apresurándose a ayudar, pero Ellis claramente me estaba hablando a mí.

—Tú no eres el gilipollas, Jeremiah —lo corrigió Ellis, empujando mi bolsa de lona hacia mí. Deslizó la caja negra de equipo más cerca—. ¿Estás listo para ir?

—Puedo tomar eso —comenzó Jeremiah—. Es bastante pesado.

Ellis lo recogió y comenzó a caminar hacia el muelle. Jeremiah me lanzó una mirada de "no tiene que ayudarme" cerré el maletero y le sonreí.

—Te acostumbrarás.

Habría pensado que ya estaría acostumbrado, tener a mi familia tan cerca, hacer cosas familiares para él, pero aparentemente no.

Seguimos a Ellis hacia el muelle, donde una figura familiar se encontraba junto a una pasarela.

—Buenos días —dijo papá alegremente mientras nos acercábamos.

—Buenos días —respondí.

—Buenos días —dijo Jeremiah. Ellis subió la caja al barco y desapareció dentro. Entonces él miró el barco—. Oh, cielos, ¿es este?

Sabía que él pensaría que era demasiado caro o lo que fuera. ¿Qué podía decir? A mi padre le gustaba ir a pescar.

—Seguro.

Lo miró de nuevo, algo en el techo lo hizo mirar dos veces.

—¿Eso es un radomo?

Me reí. Era un nerd del clima.

—Sí.

Incluso atrapé a mi padre tratando de no sonreír.

—Es un radar de compresión de pulsos —dijo papá.

Jeremiah se iluminó.

—¿Oh? ¿Cuál es la frecuencia de repetición del pulso?

Papá sonrió.

—Hasta cinco mil novecientos hercios.

Jeremiah quedó impresionado y, sinceramente, no debería haberme sorprendido.

Entonces apareció mamá en la cubierta trasera del barco.

—Buenos días, muchachos.

—Hola, mamá.

—Hola, señora Larson —dijo Jeremiah con una sonrisa.

—Hemos llenado los estantes de comida para los dos —dijo—. Y Jeremiah, cariño, te he dicho que me llames Brielle.

Jeremiah parecía dolido. Me hizo sonreírle.

—Y el tanque está lleno —agregó papá.

—Realmente no teníais que hacer eso —intentó Jeremiah.

Papá sostuvo su mano para mamá cuando ella bajó de la pasarela, como lo hacía cada ocasión.

—Sí, teníamos —dijo ella, dándole un apretón al brazo de Jeremiah. Ella entendía que Jeremiah luchaba con tener una familia que hiciera cosas por los demás y cómo eso lo hacía sentir inadecuado. Luchaba para lidiar con mi gran familia la mayor parte del tiempo, pero estaba tratando de superarlo. Simplemente no era fácil para él. Al estar solo, incluso con su padre, estaba muy arraigado en él ser autosuficiente.

Muchas cosas estaban arraigadas en él. Como su feroz independencia y cómo mostrar cualquier afecto frente a los demás lo hacía congelarse. Mientras que yo venía de una familia amorosa que regularmente nos abrazábamos y nos decíamos que nos queríamos. Simplemente, él no la tuvo.

Y Dios no quiera que alguna vez le dijera la palabra que empieza con "A" a Jeremiah frente a mi familia.

Estaba bien cuando le decía que lo amaba, cuando solo estábamos nosotros dos, por supuesto. Pero nadie más. Ni siquiera delante de Ellis.

Todavía estaba trabajando en eso.

Ellis volvió sobre la pasarela y simuló que casi deja caer las llaves de mi coche al agua. Pensó que era gracioso.

—Muy divertido, gilipollas —le dije—. Si rompes cualquier parte de mi coche, lo pagas.

—No lo romperé —dijo con una sonrisa—. Pero me saltaré todos los semáforos en rojo de la ciudad.

Le hice una llave de cabeza y traté de darle unas collejas mientras Jeremiah hablaba con mis padres. Ellis casi se las arregló para darme un puñetazo, así que lo dejé ir justo a tiempo para escuchar a Jeremiah decir:

—Lo aprecio. Cuando Tully me dijo que habíais organizado lo de la comida para nosotros, me preocupaba que os hubiéramos molestado.

Mamá le puso la mano en la cara.

—Oh, eres un amor.

Oh, no. Le tocó el brazo y la cara…

Jeremiah casi dio un paso avergonzado hacia atrás, fuera del muelle. Empujé a Ellis fuera de mí y fui hacia Jeremiah, deslizando mi brazo alrededor de su cintura, asegurándome de que no se cayera.

—Y ya basta de asustarlo por hoy, gracias, mamá.

Jesús. Adoraba a mi madre, y ella sentía verdadera debilidad por él, pero con un cumplido, un toque físico y un viaje en barco. Él iba a necesitar sedantes.

Él recogió su bolso, fingiendo que su rostro no estaba rojo nuclear y que no estaba mortificado, y miró preocupado al barco y luego a mí.

—Y me aseguras que realmente puedes conducir este barco. No soy fan de los barcos, como estoy seguro de que he mencionado. Varias veces.

—Estarás bien. Y sí, puedo dirigir un barco. Al igual que conduzco el Jeep a través de Kakadu.

Jeremiah palideció un poco.

—Oh, genial.

Papá se rio.

—Relájate. Le enseñé todo lo que sabe. Es muy sensato. Hay un teléfono satelital si lo necesitáis, y también hay una pistola de bengalas. Entonces, si dirige el barco de manera irresponsable o hace algo estúpido, dispárale con ella.

Jeremiah lo miró, horrorizado.

—Está bromeando —dijo mamá dándole un empujón juguetón a papá.

—Dispárale en el pene —dijo Ellis.

Mamá golpeó el brazo de Ellis, pero le sonrió a Jeremiah.

—Ignóralos.

—¿Por qué le dijiste a Jeremiah que los ignorara? —le pregunté—. Soy yo a quien le están diciendo que dispare con una pistola de bengalas.

—En realidad, no te dispararían, Tully —dijo ella.

Ellis imitó sostener una pistola.

—Es realmente simple, Jeremiah. Solo mantenla alejada de tu cuerpo, desbloquea el seguro y apunta. A su chatarra.

Traté de empujarlo fuera del muelle. El hijo de puta era más fuerte de lo que parecía.

Cuando me rendí y me di la vuelta, Jeremiah ya estaba en el barco.

—Oye —dije—. Iba a ayudarte a cruzar. —Agarré mi bolsa de viaje y Jeremiah me tendió la mano para ayudarme mientras yo cruzaba la pasarela.

—Auuu —gritó Ellis—. Princesa.

Papá lo empujó por mí.

Entré en el barco, me di la vuelta y le hice una peineta a Ellis.

—Es *pretty woman* para ti, gilipollas.

Papá entrecerró los ojos, confundido. Mamá suspiró.

—No quiero saber.

—Gracias por todo —les dije—. Pero deberíamos irnos si voy a llevar a este apuesto doctor a su destino antes de que cambie la marea.

Papá asintió.

—Tened cuidado. Llamadnos si lo necesitáis. Llamad por radio a la guardia costera si os metéis en problemas.

—De acuerdo.

—Chalecos salvavidas —nos recordó mamá.

—Sí, Mamá.

Tomé dos chalecos salvavidas y ayudé a Jeremiah con el suyo. Lo deslicé sobre su cabeza y abroché los clips, ajustándolos en su cintura, haciéndolo dar un salto hacia mí.

—Mmm —tarareé, lo suficientemente bajo para que solo él escuchara—. Nueva perversión desbloqueada.

Miró a mis padres para ver si habían oído. Podrían

haberlo hecho, dado que Ellis nos estaba sonriendo. Jeremiah me apartó.

—Gracias de nuevo —le dijo a mi familia—. Ellis, por favor, cuida del Sr. Percival por nosotros.

Hizo un saludo.

—Lo haré. Solo el pájaro y yo todo el fin de semana.

—Si trataras mejor a tus amigas, ese no sería el caso. Quizá trates bien a Grace esta vez —dije, y luego tuve que subir la pasarela a bordo antes de que él pudiera cruzarla.

Unos minutos más tarde, estábamos sin amarrar y listos para partir. Jeremiah estaba sentado, agarrándose al asiento debajo de él como si su vida dependiera de ello. Estaba emocionado debajo de los nervios, y sabía que la mejor manera de ayudarlo era ponerlo a trabajar.

—Está bien, Navegante, cuando quieras te acercas.

Miró a su alrededor como si estuviera hablando con otra persona.

—¿Em, que? ¿Pensé que habías dicho que podías conducir esta cosa?

—Puedo.

—Entonces, ¿para qué me necesitas?

—Solo ven aquí.

Hizo una mueca y, después de considerar sus opciones durante unos segundos, se acercó a mí. Estaba un poco tambaleante, y esto ni siquiera era mar abierto todavía. Lo hice detenerse frente a mí, poniendo mis brazos alrededor de su cintura para sostener el acelerador.

—Todo esto es muy alta tecnología —dijo—. Este

sistema de navegación es mejor que cualquier otro en mi oficina. Bueno, cuando tenía una oficina de trabajo.

Señalé la pantalla. Sabía cómo leer esta información. Conocía mapas, gráficos y mapas meteorológicos mejor que nadie. Tomé su mano y la puse en el acelerador, luego la otra en el timón.

—Está bien, mantenla por debajo de cinco hasta que pasemos el rompeolas. ¿Y ves esos marcadores de boyas?

Asintió.

—Tienes que mantener el lado de babor paralelo a ellas.

—¿Qué diablos es el lado de babor, Tully? —gritó—. Utiliza terminología que entienda.

—Izquierda. Babor es la izquierda.

—¿Por qué no dijiste simplemente eso? ¿Por qué cambia el lenguaje cuando estás en el agua? Eso no tiene sentido.

—En realidad, hay una razón etimológica por la que se usan los términos náuticos —le respondí.

—No me importa —dijo—. No ahora. Me importará cuando esté en tierra firme y no dirigiendo un barco. Lo siento.

Resoplé.

—Cariño, lo estás haciendo muy bien.

—Tienes más confianza en mí de lo que me merezco —dijo, pero después de un rato pude ver cuánto levantaba sus mejillas, cómo estaba sonriendo.

—Puedes hacer cualquier cosa que te propongas.

Negó con la cabeza. Por supuesto que no estaría de acuerdo conmigo.

—Estás dirigiendo un barco, Jeremiah.

Se volvió y me sonrió.

Agarré el timón.

—No me mires. Tienes que mirar por dónde vas.

Apartó ambas manos.

—Oh. Lo siento.

Lo mantuve enjaulado en mis brazos, mis ojos en la proa.

—Vamos a dejar el refugio del muro de contención aquí y atravesaremos el golfo de Van Diemen, entre las islas Tiwi y Vernon, pero desde allí entraremos en mar abierto y bordearemos la costa alrededor de la isla Croker hasta la isla de Oxley —dije—. Lee la navegación y dime…

—No, gracias —dijo apartando mi brazo y tambaleándose de regreso a su asiento. Su cabello estaba despeinado por el viento y se veía tan guapo a la luz del sol. Incluso si se aferraba a su asiento por su vida—. Dijiste mar abierto —gritó por encima del sonido del motor—. Ahí es donde opté por no participar. Sin embargo, gracias por la oferta.

Él era tan adorable.

Pero yo sabía cuándo no presionar. Había tenido unos minutos de diversión, pero estaba claramente fuera de su zona de confort. Y probablemente estaba bien, porque cruzar a aguas abiertas requería toda mi atención.

El golfo estaba espectacular hoy. El agua tranquila y una magnífica variedad de azules y verdes tropicales.

Hizo que los ojos de Jeremiah se destacaran aún más, zafiros oscuros contra topacio.

Tuve que acercarme a él. Levanté su rostro y le di un beso en los labios.

Él se echó hacia atrás sorprendido.

—¿Qué estás haciendo?

—Solo tenía que decirte que eres hermoso.

Señaló el timón.

—Sostén el timón y mira por dónde vamos. Puedes decirme que soy hermoso cuando estemos en tierra firme.

Me reí y volví al timón, y él se sentó allí y se puso nervioso y avergonzado, todavía agarrado a la parte inferior de su asiento con ambas manos. Pero sonrió mientras contemplaba la vista. Primero de las islas Tiwi y luego de la costa mientras nos dirigíamos a la isla de Oxley.

Sabía que no era un fan de los barcos, pero en un día tranquilo y soleado como el de hoy, con condiciones perfectas para navegar, lo estaba disfrutando. Bueno, disfrutándolo tanto como podía con ambas manos agarradas a su asiento.

Me imaginaba que en mares agitados sería una historia muy diferente, pero el agua estaba tan tranquila como la había visto. El sol brillaba, la cálida brisa jugaba con su cabello, e incluso lo vi cerrando los ojos un par de veces mientras sonreía al viento.

Desearía haber pensado en haberlo llevado en barco antes de ahora.

Pero sabía que tenía poca posibilidad de traerlo aquí otra vez, así que lo disfruté mientras pude.

Me decepcionó que no nos llevara más tiempo llegar allí.

Pero cuando llegamos a la parte superior de la isla de Oxley, reduje la velocidad y nos acerqué más. Me aseguraron que había un viejo embarcadero cerca de la estación meteorológica que aún estaba intacto.

Otra de esas cosas construidas para durar, como el búnker, antes de que la burocracia y la falta de sentido común entraran en juego.

Pero dado que este embarcadero era de madera y pernos oxidados, deseaba que el sentido común jugara un poco más fuerte. Era corto y parecía robusto. Los pilones eran tan redondos como postes de telégrafo, que a lo mejor era exactamente lo que alguna vez fueron.

Pero todavía estaba en pie.

A duras penas.

Enlacé un poste y le di la cuerda a Jeremiah.

—Acércanos —dije volviendo al timón. Claramente, no esperaba que yo lo obligara a hacer eso, estaba con los ojos muy abiertos y nervioso, pero como todo lo que hacía, lo hizo bien.

Realmente me encantaba cómo entraba y lo intentaba. Nunca dijo *oh, no puedo hacer eso*, ni le entró el pánico ni se quejó. Simplemente usó ese gran cerebro que tiene para descifrar cosas e hizo lo que tenía que hacer.

Maniobré hasta adentro y apagué el motor mientras él tiraba de la cuerda, y la ataba.

—Cuidado con las tablas del embarcadero —le dije —. En realidad, déjame ir primero.

Pero fue demasiado tarde. Tiró la pasarela y ya

estaba de pie en el embarcadero cuando terminé de hablar.

Tan impaciente.

—Dios mío —dijo inspeccionando la madera—. Aparentemente, construyeron este embarcadero cuando trajeron el radar en una barcaza hace unos veinte años. —Lo miró, horrorizado—. ¿Cómo es que esto sigue en pie?

—Me sorprende que no haya sido destrozado hace mucho tiempo. —Caminé para encontrarme con él, y me tendió la mano.

Tan dulce.

—Tal vez deberíamos caminar por el borde donde están los pernos —dijo. Luego hizo una mueca—. Donde todavía hay *algunos* pernos.

—Sí, ¿qué tal si no lo maldecimos? —sugerí—. Vamos a ver la estación meteorológica y veamos si hay algún lugar para acampar esta noche. O si dormimos en el barco.

Asintiendo, abrió el camino desde el embarcadero hasta el muelle. Era una plataforma rocosa, claramente hecha por el hombre como había dicho Jeremiah, cuando construyeron la estación meteorológica y necesitaban descargar equipo. Más abajo había una pequeña playa, salpicada de grandes peñascos y rocas que sobresalían. Había algunas palmeras, aunque en su mayoría eran arbustos, y era difícil saber si el ciclón las había segado o si siempre se veían tan sufridas.

Estaba pensando que podría ser lo último.

Pero allí, unos metros más atrás en un claro, con su propia cerca de dos metros de altura construida alrededor, estaba la característica más destacada y probablemente la única. Había un pequeño edificio cuadrado de bloques de hormigón con un techo plano que parecía estar soldado. Me recordó algo de uno de esos episodios de las peores prisiones del mundo.

—Dulce madre de Dios —murmuró Jeremiah. Se quedó allí, con los brazos a los costados, la boca abierta y mirando el edificio. Negó con la cabeza, consternado—. ¿Qué es este lugar?

—Estaba pensando que parecía un bloque de celdas, o tal vez un retrete en una de las peores prisiones del mundo. Excepto por el desorden de antenas y radares encima.

—Sí, bueno —dijo mientras abría el candado de la puerta—. Esto es incluso más antiguo que mi oficina.

Jesús.

¿Tenía algún equipo que no fuera mayor que él?

Sabía que Jeremiah se sentía frustrado y decepcionado, pero a mí me enfadó mucho.

—Si no te actualizan con lo mejor y más nuevo de todo, les haré una pequeña visita a los imbéciles en la oficina central nacional.

Me sostuvo la puerta.

—Y quién dijo que la caballerosidad estaba muerta.

—Yo no. —Le di mi mayor sonrisa—. Soy el hombre más caballeroso de todo el mundo.

—Estoy seguro de que romper cráneos y poner apodos se queda un poco por debajo de los calificativos caballerescos. —Entonces me sonrió—. Aunque el sentimiento es conmovedor.

Me pavoneé y él puso los ojos en blanco antes de caminar hacia el edificio.

—Por Dios —dijo, ahora mirando algo más en la esquina del recinto—. Mira eso.

Había una caja meteorológica en el suelo.

Bueno, solía ser una caja meteorológica. Uno de esos tipos de pantalla Stevenson, la caja blanca con los lados de listones movibles. Ahora estaba en el suelo contra la cerca de seguridad en la esquina más alejada, medio cubierta con ramas y una hoja de palma. Era difícil saber si estaba intacta.

Fui a quitar de encima todo lo que lo cubría, pero Jeremiah me detuvo.

—Déjalo —dijo—. Por ahora. Primero tendré que tomar algunas fotos.

—Oh, por supuesto. Buena idea.

—Echemos un vistazo dentro del edificio.

—¿Te refieres a la letrina de prisión?

Logró esbozar una sonrisa.

—En efecto.

Fuimos a la puerta del edificio, y él estaba preparando las llaves para abrir la puerta vieja.

—Espera —dije esta vez deteniéndolo—. Podría haber bichos.

Miró a sus pies.

—¿Qué tipo? ¿Hay serpientes aquí? ¿En esta pequeña isla? ¿Cómo llegaron aquí? —Entonces sus ojos casi se salen de sus órbitas y dio un gran paso hacia atrás—. ¿Hay ranas aquí?

—La verdad sea dicha, no estoy al tanto de la vida ecológica exacta de esta isla. Supongo que, dado que toda la isla está cubierta de este tipo de arbustos, las aves marinas son los principales habitantes. Ellas se encargarían del problema de las serpientes y las ranas.

Vale, unas minúsculas mentiras piadosas para hacerle sentir mejor no nos iban a hacer daño a ninguno de los dos.

—Pero probablemente debería comprobarlo, por si acaso.

Me entregó las llaves y dio otro paso atrás.

La verdad real era que no tenía idea de lo que podría haber en esta construcción. No parecía que un humano hubiera estado aquí en algunos años, por lo menos. Pero lo más probable era que hubiera otros tipos de visitantes. Y probablemente del tipo que muerde porque, seamos realistas, la mayoría de los bichos en el Territorio lo hacían.

Recogí una rama caída de un arbusto y después de abrir la puerta, la empujé con el pie, sosteniendo la rama como si fuera un arma. Prefería que una serpiente asustada tuviera un colmillo lleno de hojas secas que mi pierna, gracias.

Pero dentro… no había nada.

Y me refería a nada.

Bueno, había algunos medidores antiguos en la pared, como los verdaderos medidores de electricidad de los años cincuenta o algo así. Había una escalera apoyada contra una pared y había remolinos de tierra intacta en el suelo de concreto. Dios, incluso las telarañas aquí y allá parecían abandonadas.

Jeremiah se asomó desde la puerta.

—Nunca más me quejaré de mi oficina. —Entró y

miró los medidores, claramente tratando de determinar para qué servían.

—¿Cómo funciona esto? —pregunté. Seguro como el infierno que no había electricidad aquí—. ¿Solar?

Asintió.

—Supongo que hay un pequeño panel en el techo. —Señaló un medidor que parecía un módem, si tenían módems en la década de 1970—. Eso es un VSAT.

—¿Un qué?

—Un terminal de apertura muy pequeño, del inglés, *Very Small Aperture Terminal.*

Resoplé.

—¿En serio? ¿Eso es lo que significa VSAT? Claramente, las personas que llegan a nombrar las cosas carecen de imaginación.

Sonrió.

—Es una estación terrestre para la antena parabólica. —Luego tocó el propio medidor—. Debería haber luces, por lo que la conexión entre aquí y el satélite en el techo está rota.

—Solo una pregunta rápida —dije.

Se volvió hacia mí, esperando.

Señalé los medidores y la habitación.

—¿Qué coño es esto?

Sus ojos recorrieron la habitación y luego volvieron a mí.

—Eh… ¿Esa es tu verdadera pregunta?

—Creo que sí. Mira esta mierda. —Hice un gesto a los medidores como si explicara todo.

Miró a su alrededor e hizo una mueca.

—Bueno, me inclino a estar de acuerdo contigo porque...

Resoplé.

—¿Por qué...? Vamos, dilo, nene.

Él sonrió, pero luego arrastró su dedo por una de las pantallas del medidor y lo levantó para mostrarme la evidencia de color marrón rojizo.

—¿Qué *coño*?

Me reí.

—Dios, me encanta cuando hablas mal. Es como si estuvieras siendo travieso. —Moví mis cejas hacia él—. Y me encanta cuando eres travieso.

Puso los ojos en blanco y suspiró.

—Lo sé. —Luego entrecerró los ojos hacia mí—. Nene.

Joder.

—Acabas de... ¿Me acabas de llamar nene? ¿En serio?

—Estaba siendo sarcástico. —Se sacudió las manos en los pantalones cortos—. Porque me llamas así, y es...

Lo miré.

—¿Qué es? ¿No te gusta?

—Sé que te gusta, pero para mí es inusual. —Hizo una mueca—. Nunca me ha llamado así nadie, y no es un término cariñoso que elegiría. Si tuviera la opción.

—¿Qué elegirías?

—Bueno, para ser honesto, no estoy seguro de elegir ningún término cariñoso.

Jadeé.

—¿Por qué, nene?

Me miró mal y luego suspiró.

—No sé. Tu nombre ya es corto y tu hermano te llama Tull, lo que es dulce.

—Puedes llamarme Tull.

—Pero ahora se sentiría forzado.

Dios ayúdame. ¿Cómo podía ser tan lindo y tan jodidamente frustrante al mismo tiempo?

—Te gusta cuando los niños te llaman Jememiah —dije.

Se mordió el labio inferior entre los dientes y encogió un hombro.

—Es lindo porque son niños.

—¿Puedo llamarte Jememiah?

Me entrecerró los ojos.

—Me parece recordar cuando nos conocimos por primera vez que me presenté como Jeremy.

—Pero tú no eres un Jeremy —le dije rotundamente, como daah—. Eres un Jeremiah. O un Jememiah. O doctor Overton. O cariño. O mi favorito personal, que es "Joder, sí, justo ahí". —Jadeé—. "Más duro, más duro, oh, dios".

Puso los ojos en blanco.

—Eres insoportable.

Me reí.

—Hablando de sexo, gracias por mencionar eso, por cierto, no creo que vayamos a dormir aquí esta noche. —Asentí al suelo de concreto—. Sexo en el barco será entonces.

—Yo no lo mencioné.

—Shh. ¿Quieres otra estrella de plata?

Me miró fijamente y luego se echó a reír.

—¡No te atreverías!

Lo tomé del brazo y tiré de él hacia la puerta.

—Vamos, vayamos a sacar tus fotos. Entonces podemos ir a explorar la isla un poco antes de que sugieras hacer algo trágicamente aburrido como trabajar.

CAPÍTULO CINCO

JEREMIAH

ACEPTÉ IR A EXPLORAR LA ISLA POR DOS RAZONES.

La primera, para que luego Tully me permitiera hacer algo de trabajo en paz.

Y la segunda fue que, dado el tamaño de la isla, la falta de infraestructura y la vegetación repetitiva y algo destruida, calculé que tomaría veinte minutos.

Comenzamos a bajar por la playa. Era accidentada y casi virgen. Me atrevería a adivinar que Tully y yo éramos las únicas personas en poner un pie en la isla en mucho tiempo. Era pequeña, apenas dos kilómetros cuadrados, y se asentaba en el mar de Arafura a merced de los elementos. La isla en sí era mayormente plana, y podía asumir con seguridad que no había una elevación de tres metros sobre el nivel del mar. La vegetación, los arbustos y la hierba estaban nudosos y expuestos.

—¿Crees que los arbustos están tan dañados por el ciclón? —pregunté—. ¿O es así como se ven?

Tully se rio entre dientes.

—Me preguntaba lo mismo. Este lado estaba algo

protegido, pero yo diría que toda la isla está expuesta en todas las direcciones. Mi padre y su equipo usan los informes meteorológicos de aquí para sus rutas de envío. —Hizo una mueca—. Bueno, lo hacían. Antes del ciclón. Cuando mencioné venir aquí, él sabía de lo que estaba hablando.

Razón de más para terminar de explorar e intentar solucionar el problema.

Fue solo un pensamiento. Seguí caminando. Es decir, ¿con qué frecuencia tendríamos una isla entera para nosotros solos?

—Al parecer el antiguo radar meteorológico todavía estaba sujeto al techo —ofrecí—. Así que diría que solo hay una falta de comunicación interna en alguna parte. Esperemos que sea una solución fácil. No es que sea un técnico de ninguna clase…

Tully me agarró del brazo.

—Detente.

Miraba unos metros más adelante, donde la arena se encontraba con la hierba y los arbustos. Pero su urgencia me puso en alerta.

—¿Qué pasa?

—¿Ves eso? —Él asintió hacia delante—. ¿Ese rastro?

Era un rastro ancho de arena aplanada con una extraña muesca, como si alguien hubiera hecho un zigzag con un palo justo en el centro.

—Pensé que éramos los únicos aquí —dije.

—Y lo somos. —Dio unos pasos para mirar más de cerca—. Los únicos humanos, al menos.

Volví a mirar el rastro y luego le lancé una mirada de pánico.

—¿Qué pudo hacer eso? Tully, ¿qué animal hizo esa huella?

Sonrió. Realmente sonrió.

—Eso es de un cocodrilo. Y de los grandes por lo que parece.

Un cocodrilo

Un maldito cocodrilo.

Tomé su brazo con fuerza y lo arrastré hacia atrás.

—Aléjate de ahí, Dios mío, Tully.

Era como un niño emocionado.

—¡No, mira lo increíble que es! Puedes ver dónde la cola…

—No. No, quiero ver dónde está la cola. No gracias. —Miré los matorrales, luego el agua, y de repente me sentí muy expuesto—. Regresaremos al área de construcción que está completamente cercada. En realidad, ahora que lo pienso, esa valla no se construyó para mantener a la gente fuera, ¿verdad? Es para mantener alejados a los cocodrilos. Buen señor. ¿Por qué nunca nos mencionaron eso?

Se resistió a que lo alejara de allí hasta que cedió con una carcajada.

—Ahora no hay cocodrilos. Probablemente solo vienen aquí para descansar o poner huevos. Entonces, de manera realista, es más probable que te sorprenda uno caminando tan cerca de la orilla del agua.

Pude haber gritado y saltado a un buen metro del agua.

Resopló.

—Solo necesitas un palo largo. Pégales un poco si

tienes que hacerlo. —Luego se encogió de hombros—. Pero honestamente, si están decididos a atraparte...

Giré sobre mis talones y caminé de regreso a la seguridad del patio cercado.

—Tengo trabajo que hacer.

—¡Ah, cariño, solo estaba bromeando!

—Necesitamos tener una conversación seria sobre tu sentido del humor.

Se rio de nuevo, pero se puso a caminar a mi lado.

—Lo lamento. No más bromas de cocodrilos.

Una vez que regresamos detrás del área cercada, me sentí inmediatamente mejor. Hasta que recordé que necesitaba mi equipo.

—Bueno, mierda.

—¿Bueno, mierda qué?

—¿Cómo sacamos nuestras cosas del barco?

Él ladeó la cabeza.

—Como lo harías normalmente. Caminamos y las traemos.

—Pero hay cocodrilos.

—No en el embarcadero.

—Pero el embarcadero es inestable y las aguas...

Tomó mi rostro entre sus manos.

—Jeremiah, mi amor. Nunca dejaría que te pasara nada.

Puse los ojos en blanco.

—¿No dejarás que el embarcadero ya decrépito se derrumbe debajo de mí para que los cocodrilos no puedan comerme en el almuerzo?

—No, lo prohibiré. —Luego se encogió de hombros—. Además, soy el único que puede comerte como aperitivo. Aunque ahora que lo mencionas, el almuerzo es una muy buena idea.

Estaba tan confundido.

—¿Estás hablando de sexo o de comer el almuerzo? Es difícil de pillarlo.

—Siempre optaré por el sexo. Siempre. Pero para que conste, no estaba hablando de sexo. Pero ahora sí. Porque tú lo mencionaste. —Sonrió—. Tienes las mejores ideas. Y nunca había tenido sexo en un barco.

Suspiré.

—Trabajo primero.

—No, el almuerzo primero. En serio. —Se palmeó el estómago—. Estoy legítimamente hambriento. Pero luego, cuando estemos en el barco… —Movió las cejas e hizo un movimiento rebelde de empuje de cadera—. Deberíamos darle un buen uso a ese balanceo natural del mar.

Odiaba que me hiciera sonreír, y odiaba que a mi pene le gustara la idea. Traté de ser severo.

—Almuerzo primero.

Su sonrisa fue espectacular.

—Este es el mejor día de todos.

Solté una carcajada.

—Veamos si hay cocodrilos en el embarcadero antes de apresurarnos a hacer esa declaración.

No los había, por supuesto. Pero mantuve un ojo en la bahía, dando una doble mirada a cada sombra en cada ondulación en el agua. Sí, esta pequeña ensenada estaba protegida del mar abierto, y había estado agradecido por eso antes.

Ahora me daba cuenta de que simplemente la

convertía en un lugar privilegiado para que los cocodrilos tocaran tierra.

Los dos tuvimos cuidado con cada tablón destartalado y podrido del embarcadero, y Tully me tendió la mano para que subiera al barco. Sacó la nevera y la abrió.

—Veamos qué delicias nos preparó mi madre —dijo. Sacó unos rollitos envueltos y me los entregó—. Ah, pollo con chile dulce y verduras asiáticas en rollo. Mamá conoce mis favoritos. —Luego me entregó un contenedor de comida para llevar—. No sé qué hay ahí.

Lo abrí.

—Es la ensalada de pasta fría y chorizo de tu mamá.

Una vez mencioné que me había gustado muchísimo la ensalada de pasta fría que había preparado… y ahora la había cocinado de nuevo.

Él sacudió la cabeza y siguió hurgando, sacando un segundo contenedor de algo diferente. Lo abrí para encontrar pollo asado frío, todo cortado cuidadosamente.

Tully suspiró.

—Y esto. Dios mío, ¿cuánto tiempo pensó que íbamos a quedarnos aquí? —Sacó un racimo de plátanos y también agua embotellada. Luego sonrió—. Y mira. Una bolsa de los pequeños Snickers.

Era absurdo para mí, y muy extraño, que un padre hiciera tal cosa como hacer todo este trabajo y esfuerzo por su hijo adulto. Podía entender los artículos esenciales, incluso mi padre probablemente haría eso, pero nunca las comidas y golosinas favoritas.

Dudaba que mi padre supiera cuál era mi comida favorita.

—No tendré que cocinarte arroz y carne de res especiada como lo hice en el búnker —dijo.

—Me gustó tu arroz con carne —dije, mi voz más baja de lo que pretendía—. Si tuviera que comerlo siempre, aún estaría agradecido.

Me miró, olvidando un contenedor de naranjas troceadas entre sus manos.

—Oye —dijo con el ceño fruncido—. ¿Estás bien?

Asentí.

—Tu madre te mima. Eres muy afortunado.

Deslizó el recipiente de naranjas sobre la mesita y tomó mi mano.

—Sé lo afortunado que soy. Pero honestamente, esto es más para ti que para mí. Estoy bastante seguro de que, si fuera para mí solo, habría comprado un sándwich de Vegemite y una manzana. O tal vez incluso me hubiese dicho que consiguiera yo mismo lo que quisiera.

Pero aún…

—Le mencioné una vez que me gustaba su ensalada. Y el pollo asado marroquí que hizo. Y ella los hizo de nuevo para nosotros hoy. Se lo mencioné una vez, Tully. Sólo una vez. Y ella hizo eso por mí.

Apretó mi mano y sonrió.

—Ella te adora, Jeremiah.

Tuve que tragarme las lágrimas inesperadas.

—Oh, cariño. —Se inclinó y apoyó su barbilla en mi hombro, besando suavemente mi mejilla—. Diría que no te pongas demasiado arrogante al respecto —bromeó

—. Porque adora a todos sus hijos y sus parejas. —Entrelazó nuestros dedos—. Pero ella sabe que creciste sin madre, así que creo que te adora un poco más que a los otros.

Asentí de nuevo, teniendo que secarme una tonta lágrima que se me había escapado.

—Mi padre ni siquiera sabría cuál es mi comida favorita. —Negué con la cabeza esta vez—. Pero eso no es su culpa. Al crecer, realmente no tenía una comida favorita. Estaba agradecido por todo lo que teníamos. Algunas cosas las cocinaba mejor que otras, pero aun así estaba agradecido. Cuando tuve la edad suficiente, cocinaba la cena para cuando él llegara a casa. Solo cosas simples como puré de patatas y salchichas. Alguna que otra vez debió haberse encontrado una comida terrible —dije con una risa llorosa—. Pero nunca se quejó.

Tully levantó nuestras manos unidas y me besó los nudillos.

—¿Y ahora cuál es tu comida favorita? De todas las cosas que podrías comer, ¿qué desearías?

Le sonreí.

—Arroz y ternera, especialidad de la casa del búnker.

Rio.

—Estoy siendo serio.

—Estoy siendo serio. —Suspiré y me encontré con sus cálidos ojos color miel—. Tal vez son los recuerdos que lo acompañan. Conocerte, perseguir tormentas y enamorarme. Y tú cocinando eso todas las noches. Son los mejores recuerdos de mi vida.

Tully me miró, realmente me miró. Una lenta y tímida sonrisa tiró de sus labios.

—Acabas de usar implícitamente la palabra con A.

Me resistí a gemir y traté de liberar mi mano de la suya, pero él agarró la mía con más fuerza.

—No, no —dijo—. Sin retractaciones, no se admiten. La dijiste. Déjame saborear este momento para siempre. —Cerró los ojos e inhaló profundamente, luego exhaló con fuerza—. La he saboreado oficialmente.

Puse los ojos en blanco.

—¿Has terminado?

—Sí. —Soltó mi mano, pero se inclinó para besarme y esperó a que lo encontrara a mitad de camino. Lo cual hice, por supuesto, y él sonrió—. Gracias. Te amo, y si quieres carne con especias y arroz en cualquier momento, solo tienes que pedirlo.

—Creo que me gustaría que fuera algo típico del búnker. Cada vez que vayamos allí, podría ser algo nuestro, como una tradición.

—¿Quieres volver?

—¡Por supuesto que sí! Me encantó. Desearía que pudiéramos haber permanecido por más tiempo. Quizás la próxima vez podamos. Si el tiempo lo permite, por supuesto.

Estaba prácticamente flipando de emoción, sus ojos se iluminaron, su amplia sonrisa.

—Joder, sí. Ay, Dios mío. Te amo jodidamente. Me encanta ir al búnker y me encanta que quieras ir allí conmigo. —Entonces tuvo una mirada lejana en sus ojos —. Sabes, me pregunto si podría convencer a mi padre de comprar un helicóptero. Podría obtener mi licencia y podría llevarnos en avión los fines de semana y esas cosas, y podríamos ir todo el tiempo y...

—Por supuesto que no.

—Pero entonces no tendrías que bajar la montaña en el Jeep.

—Tully.

—¿Sí?

—Vamos a almorzar.

Volvió a empacar todo en la nevera, menos los rollitos y una botella de agua para cada uno. Comimos en silencio durante un rato, pero me di cuenta por el ceño fruncido y la cara pensativa mientras masticaba que todavía estaba dándole vueltas a lo del helicóptero.

—Un helicóptero haría...

—No.

—Pero...

—Sin peros. El Jeep está perfectamente bien. Más que bien. Todas las discusiones sobre helicópteros están fuera de la mesa.

Nunca había oído hablar de algo tan ridículo.

Y caro.

Pero sobre todo ridículo.

Hizo un puchero mientras masticaba.

—Un novio divertido diría que sí.

Solté una carcajada.

—Un novio al que no le importen los gastos frívolos o tu seguridad diría que sí. Un novio realmente divertido habría empacado la correa del monitor cardíaco para ver si el sexo en el barco es un factor en la variación de los resultados.

Sus ojos se dispararon hacia los míos.

—¿La empacaste?

Sonreí mientras tomaba un bocado de mi almuerzo.

—La empaqué. Pero cuál de nosotros puede usarla es la verdadera pregunta.

Rio.

—Eres el novio más divertido de todos. Y para que lo sepas, cuando lleguemos a casa, pediré una segunda correa para que podamos usarlas al mismo tiempo. Ya sabes, puramente con fines científicos.

—Mm-hmm. Puramente.

Me costó un poco convencer a Tully de que al menos debería mirar la caja meteorológica y el radar en el techo antes de retirarnos al barco para pasar la noche.

—Lo entiendo —se quejó—. Correr al trabajo antes que yo me corra.

—No, antes de que lo hagan los cocodrilos —respondí—. Supongo que les gustaría correr a tierra al anochecer. Me gustaría estar en este barco antes de que eso suceda.

Y él realmente no podía discutir con eso.

Así que volvimos a la estación meteorológica a la que fuimos. Sostuvo mi mano esta vez cuando bajé del barco, sonriendo y complacido consigo mismo por ayudarme de la misma manera que su padre había ayudado a su madre.

Pero llevamos mi caja y mi equipo al bloque de cemento, o la letrina de bloque de celdas, como la llamaba Tully.

No estaba exactamente equivocado.

La primera tarea fue revisar la caja meteorológica de pantalla Stevenson. Tully se aseguró de que no hubiera criaturas no invitadas que usaran la caja como nido y, afortunadamente, no las hubo.

La caja en sí no estaba dañada, pero el soporte estaba completamente roto. Dentro de la caja, todo parecía estar intacto. Había dos termómetros de vidrio de mínimo y máximo fijados a la pared trasera, además de tres pequeños sensores remotos conectados al pequeño hidrómetro, un barómetro y un higrómetro, y solo podía suponer que las unidades de lectura estaban en el bloque de celdas.

—Jesucristo —dijo Tully—. ¿Cuántos años tiene esto?

Me encogí de hombros.

—No sé. Pero los sensores remotos no pueden ser demasiado viejos. Y cuando digo *demasiado viejos*, quiero decir no nuevos, pero no tan viejos como el Doppler prehistórico en mi oficina.

—Podría pedirte un sistema mejor en eBay.

Probablemente eso era muy cierto.

—¿Cómo está el soporte?

Enderezó la estructura de metal y apenas soportó su propio peso.

—No creo que podamos arreglarlo —dijo inspeccionándolo—. Tal vez pueda montar algo, pero no soportaría otra gran tormenta. Ciertamente no un ciclón. Necesita una base más fuerte, anclada a un lecho de hormigón.

—Mm —dije encogiéndome de hombros—. No

estoy seguro de si hay un punto en siquiera intentar montar algo. Como dijiste, debe hacerse con el equipo y los materiales adecuados.

—Y la financiación.

—Correcto.

Inspeccionó la caja y el soporte y suspiró.

—Si podemos volver a conectar los sensores, intentaré arreglar el soporte. Si la caja está muerta, no tiene sentido.

Eso era completamente cierto.

—También correcto. Debería subirme al techo e inspeccionar los daños en las antenas de ondas y la antena parabólica.

Tully sacó la escalera y me la sostuvo mientras subía. Tan pronto como pude ver en la parte superior, pude ver lo que estaba mal. Había varias antenas, dos ahora estaban caídas en el borde más alejado, solo unidas por cables, y la antena parabólica de seguimiento estaba dañada.

—El LNB está desconectado —dije subiendo el último peldaño y pisando sobre el techo.

—¿El conversor de reducción de ruido? —preguntó Tully—. Por favor, ten cuidado ahí arriba.

—Este techo es mucho más resistente que el embarcadero —dije—. Y sí, el LNB se ha desprendido por completo del brazo de alimentación. Debería poder volver a colocarlo. Pero algunas antenas están volcadas.

Tomé un montón de fotos con mi teléfono antes de intentar arreglar el LNB, pero no era tan simple como volver a colocarlo. El conector del puerto estaba roto en su interior.

—No creo que el reductor de ruido sea reparable —dije en voz lo bastante alta para que Tully me oyera—. Pero las antenas podrían serlo. Al menos todavía están aquí. —Caminé hasta el borde para poder ver a Tully—. ¿Recuerdas cómo colocaste el amplificador en el búnker al estilo MacGyver? Estas antenas podrían necesitar el estilo MacGyver.

—Está bien, subiré, espera.

—Déjame bajar primero. —Bajé y le mostré las fotos, y asintiendo, cogió algunas herramientas antes de subir.

¿Encontraba extremadamente atractivo que fuera tan hábil?

Sí.

¿Me excitaba el hecho de que pudiera arreglar las cosas?

Estaba empezando a pensar que podría ser así.

—Sabes —dije—, hay mucho que decir sobre la personalidad sexi del manitas. Un hombre que sabe usar herramientas y no tiene miedo de ensuciarse las manos. Nunca me di cuenta de que tenía cierto gusto por tal atractivo.

Apareció el rostro sonriente de Tully.

—¿Estás bien ahí abajo?

No ayudó que él estaba sosteniendo un par de alicates.

—Estoy genial. ¿Cómo estás ahí arriba?

Se rio y abrió las pinzas.

—¿Tienes un fetiche que no conocía?

—Yo no lo llamaría un fetiche —argumenté agradecido de que estuviéramos solos en esta isla—. Pero si también consideraras comprar un cinturón de herramientas, no me enfadaría.

Rio.

—¿Me darías estrellas doradas extra?

Fingí tener que considerar esto.

—Hmm puede ser. ¿Estarías desnudo debajo de ese cinturón de herramientas?

—Puedo estar desnudo ahora mismo —dijo sacándose la camiseta por la cabeza. Me la arrojó y, por algún milagro, la atrapé.

—Mantén tus pantalones cortos puestos. No creo que dejar tus cojones colgando en ese techo de zinc caliente nos haga algún favor a ninguno de los dos.

Se echó a reír.

—Pero entonces podrías besarlos para que se mejoren.

Resoplé.

—¿Qué diferencia hace eso cuando sabes que los besaré de todos modos? No es necesario que te sometas a lo que me imagino que es una lección bastante insoportable.

Él sonrió.

—Te haré cumplir eso.

—No dudo que lo harás.

Todavía estaba sonriendo.

—¿Quieres que baje ahora para que cumplas tu promesa, o debería arreglar tu antena primero?

—Antena, por favor.

Él suspiró.

—Muy cruel.

Pero desapareció de mi vista, y después de unos momentos, decidí subir y observarlo desde la escalera.

Hasta que trató de arrodillarse en el techo y siseó por el calor que hacía.

—Toma —dije arrojándole su camisa—. Arrodíllate sobre eso.

Estaba obviamente muy sorprendido de verme mirándolo a través de los dos peldaños superiores de la escalera.

—¿Estás siendo un pervertido?

—No es ser pervertido —respondí—. Piensa en mí como el oficial de Salud Ocupacional en este acuerdo de trabajo. Solo estoy supervisando.

Se rio, pero se colocó la camiseta debajo de las rodillas y se puso a arreglar la antena. Tenía un taladro inalámbrico y algunos tornillos y lo arregló en poco tiempo.

—La placa trasera está un poco doblada, pero funcionará —dijo—. Ahora, si no te importa supervisar desde dentro y ver si algo vuelve a estar en línea.

Ah, sí. Probablemente sea una buena idea...

Excepto que no hubo ningún cambio, ninguna solución milagrosa. Todo seguía muerto.

—Nada —grité.

—Déjame ver si puedo arreglar lo del satélite —respondió.

Volví a salir y subí la escalera para verlo de nuevo. Estaba de pie ahora, sin camiseta bajo el sol, su torso musculoso brillando de sudor, su cabello alborotado por el viento. Cómo demonios este hombre estaba enamorado de mí, nunca lo sabría.

Pero por alguna ridícula razón, lo estaba. Sabía muy bien este hecho porque me lo decía, con todo su corazón, al menos una vez al día.

Ojalá pudiera devolvérselo. Deseaba poder ser tan despreocupado con mis declaraciones de cariño, pero cada vez que lo intentaba, las palabras no salían.

Quería decírselo tan a menudo y con todo mi corazón como él me lo decía.

Pero, aun así, no podía.

Era el miedo lo que me detenía. Miedo de abrirme, lo cual era estúpido porque ya era bien y verdaderamente abierto con él. Era miedo de ser expuesto y admitir mi vulnerabilidad.

Y esa era probablemente la mayor diferencia entre Tully y yo.

Crecí creyendo que mostrar cualquier emoción era un signo de debilidad.

Tully creció creyendo que el amor era la máxima fuerza.

—¿Qué estás mirando?

Parpadeé sorprendido y agarré la escalera en la que olvidé que estaba de pie. Me había distraído por completo.

—Te estaba mirando —dije—. Simplemente me distraje.

—Imaginando el sexo en barco totalmente caliente que vamos a tener, ¿eh?

—Algo parecido.

—¿Qué tal si tienes tu sueño de sexo en barco desde el suelo? —Tenía el puerto del conector roto en la mano —. Preferiría que no te cayeras.

—Estoy bien —dije—. Yo sujeto la escalera. Pero el viento se está levantando. Tal vez tú también podrías bajarte del techo.

—Déjame ver si puedo salvar esto —dijo. Estaba sosteniendo el extremo del LNB, intentando extraer el conector roto, tratando de volver a unir las piezas rotas—. ¿La cinta aislante arreglaría esto?

—Lo dudo mucho. Creo que es un trabajo de reemplazo.

—¿Te enviaron uno nuevo?

—¿Un conversor de reducción de ruido? No, no lo hicieron. Apenas enviaron algo.

Se quejó por eso, pero volvió a montar el conector en el puerto, tratando de obtener una reconexión.

—Realmente solo necesita una nueva conexión. Son las pequeñas puntas las que están torcidas, ¿ves? —Me lo tendió para mostrármelo—. A menos que estuviera roto el cableado interno. Entonces es un trabajo de reemplazo.

Era tan inteligente. Tan inquisitivo, y…

—¿Me estás imaginando con un cinturón de herramientas otra vez? —Me estaba sonriendo.

—Posiblemente.

—¿Quieres revisar los datos del medidor?

—Sí, claro.

Bajé la escalera y volví a entrar, pero nada giraba, nada parpadeaba.

—Sin cambios —grité.

—Espera —gritó—. ¿Qué tal ahora?

Una luz verde, tan tenue como podía ser, parpadeó y luego se apagó.

—¡Espera! ¿Qué hiciste? ¡Hazlo otra vez!

Un segundo después, la misma luz verde parpadeó, permaneció verde durante medio segundo y luego volvió a apagarse.

—¡Sí, eso! —dije. Salí para poder hablar con él—. Hubo una breve luz verde en el sensor de seguimiento. Se enciende por un segundo, luego se apaga. Así que hay algún tipo de señal.

—Está bien, déjame intentarlo de nuevo —dijo.

Tomó algunos intentos, desarmar y volver a armar y un poco de cinta aislante, pero logró que una luz verde permaneciera encendida.

—Mantenlo ahí —grité emocionado—. Tenemos una luz verde fija.

—¡Impresionante! —dijo, tirando su camiseta hacia mí, luego bajó la escalera. Tan pronto como sus pies estuvieron en el suelo, le di un beso y luego lo llevé a la habitación.

—¡Mira! —Le mostré la única luz verde—. Tu hiciste eso.

Su sonrisa se desvaneció mientras miraba la vieja caja blanca.

—Pero debería haber al menos cuatro —dijo.

—Bueno, sí. Pero incluso una luz nos dice que hay una conexión.

—Pero ¿por qué no están todas las luces encendidas?

—Yo diría que hay un problema de conectividad con el cableado. Y ese es un trabajo para un técnico.

—Déjame ver si puedo hacer algo con esas antenas.

Volvió a subir, y después de un poco de trabajo

estilo MacGyver con la antena y los cables y asegurando las bases, al menos las tenía todas en posición vertical.

Observé las diferentes unidades de sensores, sin muchas esperanzas, pero igual de emocionado.

—¿Cómo está? —el grito.

—Nada.

Hubo más movimiento sobre el techo.

—Está bien, ¿y ahora?

—No. —Pero luego se encendió otra luz del sensor—. ¡Espera! ¡Sí, justo ahí!

—Justo ahí, nene. Sí, sí —gritó en tono provocador.

Y se encendió otro sensor.

—¡Ahí! Tienes otra luz encendida.

Pero después de más maldiciones y suspiros, la última no encendió. En total, tres de cinco eran mejores probabilidades de lo que podría haber esperado.

Cuando Tully bajó de la escalera, lo atraje hacia dentro nuevamente.

—¡Mira lo que conseguiste!

Él sonrió.

—Estoy enfadado por las dos últimas.

—No lo estés. Este lugar necesita una instalación y actualización completa. Arreglamos más de lo que deberíamos haber hecho. Si todo lo que hubiéramos hecho fuera venir aquí y tomar algunas fotos y completar un informe de daños, todavía lo llamaría un éxito. Pero tenemos lecturas. —No pude evitar sentirme un poco orgulloso—. Será mejor que haya algunas personas felices en la oficina central.

Tully se rio.

—Será mejor que las haya, sí. Puedes decirles que tu

novio hizo un trabajo súper impresionante, y mantendremos entre tú y yo el hecho de que, todo lo que realmente hice fue mover algunos cables y atornillar algunas antenas en su sitio.

—Créeme, les contaré exactamente todo lo que hiciste.

—Tomé algunas fotos para tu informe —dijo mostrándome en su teléfono—. Pero ahora supongo que será mejor que intentemos arreglar el soporte de la caja, o las lecturas enviadas a la oficina central no serán correctas.

Eso era cierto. Las cajas meteorológicas con pantalla Stevenson tenían requisitos específicos de ubicación y altura para lograr los resultados más precisos.

—Tiene que mirar al sur, ¿verdad?

—Eso es correcto. ¿Cómo lo sabes?

Hizo una mueca cuando volvimos a salir.

—Soy un chico de tormentas, ¿recuerdas? E hicimos una en el instituto para la clase de ciencias.

Llevó la caja hasta donde el soporte se había roto en el suelo, luego tomó su camiseta de donde la había metido en la parte de atrás de sus pantalones cortos y se limpió la cara con ella.

—Uf, está subiendo la temperatura —dijo, e inmediatamente ambos miramos hacia el cielo.

Había nubes oscuras que venían del oeste. Cúmulos, bajos y oscuros.

Nubes de tormenta.

Nuestros ojos se encontraron, y él sonrió.

CAPÍTULO SEIS

TULLY

TAN PRONTO COMO LA MIRADA DE JEREMIAH PASÓ DE LA tormenta entrante a mí, ambos sonreímos.

Una tormenta que se avecinaba mientras estábamos en una isla remota, sin otra persona en kilómetros, solo podía significar una cosa.

Y estando tan lejos de cualquier lugar, sin Internet ni nada, no teníamos idea de cuánto duraría esta tormenta, qué tan potente era la depresión o qué tan buena o mala sería.

—Digo que al diablo con la estúpida caja meteorológica —dije—. Es hora de tener sexo increíble en un barco.

Miró su reloj con una sonrisa.

—Bueno, llegará para la tarde. —Luego miró hacia el agua y su sonrisa murió—. Y prefiero estar en el barco antes de que los cocodrilos decidan refugiarse en tierra.

—Muy buen plan.

Cerró la puerta del bloque de celdas, dejó la caja

donde estaba y tiró de la puerta de la valla para cerrarla. Y no fue hasta que cruzó el embarcadero hasta el barco que se le ocurrió algo.

—Oh, Dios mío —dijo con los brazos extendidos para mantener el equilibrio—. El barco... la turbulencia...

Me reí.

—Eh, no se llama turbulencia en un barco —dije, saltando a su lado y aferrándome a él—. Los mares se agitan en las tormentas. Tú lo sabes. Emites avisos meteorológicos para el oleaje, ¿no es así?

—Bueno, sí —dijo agarrándose al marco de la puerta de la cabina—. Teóricamente, lo sé muy bien, gracias. Pero en la práctica, nunca estoy en un barco. Dios mío, Tully, ¿esto es seguro? ¿Deberíamos irnos?

Reprimí mi sonrisa porque claramente estaba estresado.

—Cariño, estaremos bien. Estamos amarrados de forma segura y este barco está diseñado para estas condiciones.

Y la verdad era que esto ni siquiera estaba agitado todavía. Pero no le dije eso. Ya estaba un poco pálido.

—¿Qué tal si te llevamos a la cabina?

—Buena idea.

Lo acomodé y cerré la puerta, y se relajó de inmediato. Pero a medida que los cielos se oscurecían y el barco comenzó a balancearse un poco más, su agarre en el cojín del asiento se hizo más fuerte.

—¿Quieres algo de comer? —Sugerí.

Hizo una mueca.

—Probablemente no es buena idea.

—¿Un poco de agua?

Negó con la cabeza y sus nudillos ahora estaban blancos.

Estaba empezando a pensar que nuestro increíble sexo en el barco probablemente estaba fuera de discusión.

—Está bien —murmuré quitando sus dedos del asiento. Me transfirió el agarre mortal a mí en su lugar—. Um, ay.

Miró nuestras manos.

—Lo siento.

—¿Quieres que te muestre el radar? —dije señalando la pantalla—. Y puedes ver la tormenta, ver los números y las estadísticas, y sabrás que todo estará bien.

Volvió a negar con la cabeza, su boca era una línea delgada.

—No es la tormenta.

Maldita sea.

—Jeremiah, estarás bien. Estás conmigo.

Asintió.

—Sé que no te gustan los barcos.

—Bueno, técnicamente, probablemente no sea tanto el barco como el agua infestada de cocodrilos en la que el barco se balancea arriba y abajo.

—¿Te sentirías más seguro si salimos a mar abierto?

Sus ojos se dispararon hacia los míos.

—Pero dijiste que esta entrada está protegida contra el viento, y por lo tanto asumo, de la tormenta.

—Eso es cierto.

—Entonces, ¿qué es peor? ¿Mar abierto en una

tormenta, o una ensenada parcialmente protegida que puede o no ser el hogar de cocodrilos?

—Bueno…

No le digas que los cocodrilos también existen en mar abierto. No le digas eso. No se lo digas.

—Ay, Dios mío, hay cocodrilos en todas partes, ¿no?

—Técnicamente no en todas partes.

—Por el amor de todo lo que es santo.

Mis nudillos estaban empezando a rechinar.

—¿Podemos disminuir el agarre de muerte? Porque, ay.

Soltó mi mano de su agarre como un tornillo.

—Lo siento.

—¿Te sentirías mejor si usaras un chaleco salvavidas?

Hizo una mueca.

—No particularmente. —Luego pareció reconsiderarlo—. Tal vez.

—Déjame ir por uno.

—Y otro para ti. Me sentiría mucho mejor si usaras uno también.

—Bueno.

Sí. El impresionante sexo en barco estaba completamente fuera de discusión.

Lo ayudé a ponerse el chaleco y me puse el mío, y parecía respirar un poco más tranquilo. Pero entonces un trueno retumbó en lo alto.

—Creo que esta será la primera tormenta que en realidad no disfrute —dijo. Tenía ambas manos apretadas en puños sobre su regazo.

Suspiré y tomé su mano, tratando de desplegar sus

dedos. Solo había una forma de ayudarlo, y era distraerlo.

—Cuando fuiste a América del Sur a ver las tormentas del Catatumbo para tus estudios de tesis, ¿subiste en algún barco?

—Sí.

—¿Y no experimentaste ninguna tormenta cuando estabas en él?

Parpadeó un par de veces.

—Creo que sí.

—¿Y estabas así de preocupado?

—No que yo recuerde. —Luego me miró, molesto—. Y sé lo que estás pensando. Que es una tontería que esté preocupado ahora.

—Nunca pensaría que es una tontería.

—Entonces, ¿por qué lo mencionaste?

—Solo pensé en señalar que estuviste bien en ese entonces, y estarás bien ahora.

—Pero no te tenía entonces.

—¿Qué diferencia hace eso?

—La razón.

—¿La razón de qué?

—De qué este preocupado por ti.

—¿Estás diciendo que me amas? Estoy bastante seguro de que estás diciendo que me amas.

Puso los ojos en blanco, pero su agarre en mi mano había disminuido un poco.

—¿Estás tratando de distraerme?

Me reí.

—Sí. Y está funcionando. Porque estoy recuperando algo de sensibilidad en mi dedo meñique.

Soltó mi mano por completo.

—Lo siento.

—No te disculpes. —Me encogí de hombros—. Si eso no funcionaba, iba a sugerir tirar estos cojines de asiento al suelo y distraerte de manera carnal.

Casi sonrió, hasta que un trueno retumbó en lo alto, más fuerte esta vez.

Cerca.

Agarró mi mano, y su agarre fue mortal otra vez.

—¿Este barco tiene pararrayos?

—Sí. Tiene…

—Bien.

Entonces noté que estaba haciendo esa cosa de la boca, donde sabía mal, y efectivamente, un rayo estalló e iluminó el cielo.

—Estaremos bien —susurré, pero el barco se balanceaba más, el agua golpeaba el casco.

—¿Que es ese ruido?

—Es solo agua.

—¿No es un cocodrilo probando la integridad estructural del casco?

Resoplé.

—No. Esto no es *Tiburón*.

Lo cual fue lo más incorrecto que pude haber dicho porque sus globos oculares casi explotaron fuera de su cabeza.

—¿Tiburones? Dios mío, Tully, ¿por qué dices eso?

Tuve que sacar mi mano de su agarre mortal antes de que rompiera algunos huesos.

—Ahora me doy cuenta de que no debería haber dicho eso.

Realmente no lo estaba pasando bien.

La cuestión era que este era un barco de pesca especialmente diseñado. No fue construido para la comodidad, per se. Es decir, era muy cómodo, pero no era un yate de lujo con camas de cuerpo entero. Fue construido para la pesca. Y dado que ambos llevábamos chalecos salvavidas, no encajaríamos si nos acostáramos en el banco. Nuestro espacio para abrazarnos era limitado.

—Está bien, levántate —le dije poniéndome de pie.

Así lo hizo, a regañadientes.

—¿Por qué?

Saqué los delgados cojines de los asientos y los puse en el suelo, luego desenrollé un saco de dormir y le abrí la cremallera para que pareciera más una manta.

—Acuéstate —le dije sentándome en el suelo. Esperé a que se uniera a mí y luego extendí la manta sobre nosotros.

Lo atraje hacia mis brazos, su cabeza sobre mis bíceps y, a pesar de la situación del chaleco salvavidas, lo abracé lo mejor que pude.

La lluvia azotaba las ventanas y nos balanceábamos mientras los truenos retumbaban sobre nuestras cabezas. Pero respiró más profundo y la tensión en su cuerpo comenzó a desvanecerse.

—¿Te sientes mejor?

—Sí. Mucho.

Le di unas palmaditas en la cabeza, froté su brazo y enganché mi pierna sobre la suya mientras el barco se balanceaba y la tormenta rugía.

—¿Disfrutando de la tormenta ahora?

—No particularmente. Quiero decir, esto es agradable. Y te agradezco que me hayas acomodado.

Quería reírme, pero lo pensé mejor.

—No te estoy acomodando. —Besé el costado de su cabeza—. Lo dices como si fuera una tarea o una obligación. Quiero que te sientas seguro. No me gusta cuando tienes miedo, nene. Haré cualquier cosa para que te sientas mejor.

El trueno retumbó y el cielo se iluminó con el estallido de un relámpago, pero enterró su rostro en mi axila.

—Cariño, nos estamos perdiendo una tormenta realmente buena.

Echó la cabeza hacia atrás y se arriesgó a mirar hacia arriba hasta que emitió un sonido seco y agitado.

—Puaj, ¿por qué el cielo se mueve así?

Me reí y lo acomodé de nuevo en mi costado.

—Es el barco el que se mueve. No el cielo.

—Por favor, no hables de eso —murmuró.

—Lo siento.

Volvimos a estar en silencio mientras la lluvia azotaba las ventanas y las olas nos mecían. Probablemente era más ruidoso dentro del barco, la verdad sea dicha, pero estábamos cálidos, secos y nos teníamos el uno al otro.

—Deberíamos haber traído una tienda —dijo Jeremiah—. Podríamos haberla instalado dentro del área cercada.

—Lo haremos la próxima vez.

Se rio, y tal vez, solo tal vez, sonaba un poco loco.

—No habrá una próxima vez. Nunca me subiré a otro barco, lo siento.

—¿Jamás?

—Me gusta la tierra firme, gracias de todos modos. Y si la oficina central alguna vez sugiere que regrese aquí, explicaré mi maldito *"ni de coña"* con gran detalle.

Me reí.

—¿Habrá improperios?

—Es lo más probable.

Acaricié su cabello en la parte posterior de su cabeza y besé su frente. Esta estratagema de distracción estaba funcionando de maravilla. Tenía que mantenerla en marcha.

—Está bien, turno de preguntas súper serias.

—¿Se trata de sexo?

—No.

—¿Entonces sí?

—Si se tratara de sexo, ¿no responderías?

—Yo respondería, sí. Pero si la pregunta fuera una proposición o sugerencia para tener sexo ahora mismo, entonces mi respuesta sería no.

Solté una carcajada.

—Esa no era mi pregunta.

—Entonces pregunta.

—Si yo fuera una raza de perro, ¿cuál sería?

Se congeló.

—¿Qué?

—Si yo fuera una raza de perro, ¿de qué raza sería?

—¿Qué clase de pregunta es esa?

—Un tipo de pregunta muy seria e importante.

Se quedó en silencio por un segundo.

—Un golden retriever. Cabello rubio despeinado, la sonrisa más linda, grandes ojos marrones, el corazón más amable. El más bueno de los chicos.

Me reí.

—Parece que me tienes un poco de cariño.

Me golpeó el brazo.

—Oh, cállate. ¿Qué tipo de perro sería yo?

Suspiré, largo y fuerte.

—¿Cuál es la raza más inteligente?

—No estoy del todo seguro. Creo que los alsacianos ocupan un lugar destacado.

—¿Como un perro policía? *No*, eres más un border collie.

—¿Estás diciendo que yo pastoreo ovejas?

Me reí.

—No. Ah, ya sé. Eres un kelpie. Inteligente como el infierno, pensador analítico, puede ser salvaje si es necesario.

—Pero sigo pastoreando ovejas.

—Y si yo fuera un gato, ¿qué tipo de gato sería?

—Uno que pueda correr rápido porque, si todavía soy un kelpie…

Me eché a reír.

—No se permite la reproducción entre especies.

—Oh, Dios mío, Tully. ¿Por qué tu cerebro iría allí?

—Está bien, siguiente pregunta, si nos despertáramos mañana como una especie diferente, ¿todavía me amarías?

—Bueno, sí, aunque habría muchos factores diferentes. Y para que sepas, el amor no es igual al sexo, y el sexo no es igual al amor. No son mutuamente excluyentes, ya sabes.

—Lo sé. Pero aún no respondiste. ¿Cuáles son los factores variables?

—Dependería de la diferencia de especies. ¿Son compatibles de alguna manera, o son enemigos natos?

—Está bien, estás pensando demasiado en esto. Realmente debía ser una simple respuesta afirmativa.

—Entonces sí.

—Pero, ¿y si yo fuera una rana?

Se estremeció.

—Entonces no. Lo siento. Estás sólo en esto.

Me reí e incliné su cabeza hacia atrás para besarlo.

—Absolutamente todavía me amarías.

—No si tuvieras ventosas en los pies. Absolutamente no lo haría. —Se estremeció.

Me reí de nuevo, y su mirada subió al techo. Al suave chapoteo de la lluvia, los cielos grises que ya no se movían tanto.

—Eh, creo que la tormenta ha terminado —susurró—. El barco ya no se balancea como un corcho.

Le sonreí, desenvolví mi pierna de la suya y acaricié su cabello.

—¿Estás bien ahora?

—Tu arte de juego de distracción es fuerte. Gracias. Me asusté, lo siento.

Lo besé.

—No te disculpes. La primera vez que se sube a un barco en medio de una tormenta asusta a cualquiera. —Me senté, con la espalda contra el asiento, y él hizo lo

mismo frente a mí, con la pierna apoyada contra la mía
—. ¿Tienes hambre? Se está haciendo tarde.

—Un poco.

Me incliné y acerqué la nevera.

—¿Te parece bien la ensalada de pasta de mamá?

—Perfecto.

Con el contenedor entre nosotros y armados con un tenedor cada uno, logramos comernos la mitad.

—Entonces, ¿podemos discutir el asunto de si yo fuera una rana? —pregunté—. Porque se supone que eres mi príncipe azul, lo que significa que debes besar a la rana para convertirme en un niño de verdad.

—Creo que la historia del niño de verdad es Pinocho.

Me encogí de hombros.

—El sentimiento es el mismo.

—Cualquier otro animal excepto una rana.

—¿Una babosa?

—Bien.

Le sonreí.

—Te besaría sin importar el animal que fueras. Incluso si fueras un león devorador de caras. Me arriesgaría.

—Valiente, pero tonto.

—Gracias.

Se metió un tenedor lleno de pasta en la boca y habló mientras masticaba.

—¿Qué tal una mantis religiosa?

—No sé. ¿Hablan con la boca llena?

Se rio y se lo tragó.

—No puedo estar seguro. Pero sí sé que le arrancan la cabeza a su pareja después de la cópula.

Apuñalé un poco de pasta y chorizo.

—¿Tienes tendencias psicóticas de las que debería saber?

Sonrió.

—No. Pero estoy teniendo tendencias copulativas. Después de que fueras tan amable y dulce para distraerme cuando pensé que íbamos a ser comida de cocodrilo. Estaba pensando que podría mostrarte mi gratitud.

Le sonreí.

—Tendencias copulativas y gratitud son mis tres palabras favoritas.

Tomó el recipiente y nuestros tenedores y los dejó en el asiento detrás de él, luego se sentó a horcajadas sobre mis muslos.

—Estoy muy agradecido por la forma en que me cuidas —dijo levantando mi barbilla y besando mis labios—. Y pasé todo el día admirando tu cuerpo y tus músculos y lo capaz que eres.

—Definitivamente compraré un cinturón de herramientas cuando lleguemos a casa.

Se rio entre dientes y desabrochó mi chaleco salvavidas, un clip, otro clip, lentamente. Yo estaba más acelerado con el suyo, desabrochándolo y deslizándolo sobre sus hombros, sujetando momentáneamente sus brazos a los costados y tirando de él hacia abajo para darle un fuerte beso.

Sus ojos brillaron con fuego azul, y me reí...

Hasta que deslizó su mano alrededor de mi nuca,

tiró de mi cabello para que mi cara se inclinara hacia arriba y me besó. Dientes, lengua, moliendo lentamente sus caderas, buscando fricción.

Agarré su trasero, tirando de él hacia abajo mientras subía mis caderas para encontrarlo. Gruñó, el sonido más obsceno, y profundizó el beso.

Clavé mis dedos en sus nalgas y me di cuenta… no estaba usando ropa interior. Otra vez.

Dios mío, este hombre.

Que estuviera a comando, era mi cosa favorita.

Lo giré boca arriba sobre los cojines en el suelo y lo besé de nuevo, acomodando mi peso entre sus piernas. Levantó las rodillas, puso las manos en mi trasero y tomó mi lengua en su boca.

Tan jodidamente caliente.

Froté mi polla contra la suya, dura y sensible, pero quería más esta noche. Quería estar dentro de él. Quería correrme en él. Quería hacerlo mío, una y otra vez.

—¿Dónde está el lubricante? —Murmuré besando su mandíbula—. Quiero hundirme dentro de ti tan desesperadamente.

Se quedó inmóvil, sin decir nada hasta que dejé de lamerle el cuello y lo miré.

—Yo no traje nada. Pensé que lo habías hecho.

—No, pensé que tú…

Empezó a sonreír.

—Oh, gracias a Dios que estás bromeando —le dije.

Rio.

—No lo hago. Yo no lo empaqué.

Parpadeé.

—Entonces, ¿por qué te ríes?

Se llevó la mano a la frente.

—Es un poco gracioso.

Moví mis caderas, dejándolo sentir lo divertido que mi pene pensaba que era. Entonces tuve un pensamiento.

—Me pregunto si hay algo en la nevera que podamos usar.

Me rodeó con las piernas.

—No vamos a usar la comida de tu madre como lubricante.

—Uf, cariño —gemí cayendo sobre mi mano junto a su cabeza. Todavía estaba duro y yo también, y esta posición no nos estaba haciendo ningún favor—. No deberías envolver tus piernas alrededor de mí de esa manera.

Se mordió el labio inferior y acercó mi nariz a la suya.

—¿Qué tan bueno eres en matemáticas?

¿Eh?

—¿Qué?

—Matemáticas. ¿Qué tal eres con las restas?

—Normalmente bastante bueno, pero ahora mismo estoy confundido. Por favor, no me hagas hacer matemáticas. No estoy pensando con mi cabeza grande en este momento.

Sonrió.

—¿Cuánto es setenta menos uno?

Incluso mi gran cerebro confundido y caliente por la lujuria podía resolver eso.

Lo besé con labios sonrientes.

—Voy a hacerte setenta menos uno tan fuerte.

Se rio y soltó su agarre, así que maniobré sobre mi costado, mi cara alineada con su erección en sus pantalones cortos raídos y su cálido aliento en mi dolorida polla.

Deslicé mi brazo debajo de su cadera y bajé la parte delantera de sus pantalones cortos para liberar su hermosa polla. Estaba tan embelesado por esta vista, por lo que estábamos a punto de hacer, que su boca cálida y húmeda me tomó por sorpresa.

—Ah, joder —grité mientras me chupaba.

Y habría sido tan fácil perderse en el placer, el calor y el deslizamiento, todo por cómo chupaba…

Tenía que acordarme de concentrarme en él.

Así que lo tomé hasta el fondo, chupando y girando mi lengua, abriendo mi garganta. Gimió alrededor de mi polla, su cuerpo temblaba y no me relajé. Lo trabajé duro y rápido, sujetando la parte posterior de sus muslos, su culo, mientras tragaba a su alrededor.

Gruñó, su cuerpo se sacudió en mis brazos, y su lengua hizo su magia en mí. Tan caliente y húmeda, y él podía chupar tan intensamente. Estaba cerca. Tenía tantas ganas de correrme, pero necesitaba que él se corriera primero.

Usé un dedo para trazar una línea a lo largo de la unión de sus bolas hasta su agujero. Movió sus caderas, gimiendo alrededor de mi polla, todo su cuerpo se puso rígido y disparó su carga en mi boca.

Su gemido, su garganta apretada, la forma en que me sostuvo fue suficiente para acabar conmigo. Mi orgasmo me atravesó y traté de salir, traté de advertirle, pero él solo me abrazó más fuerte mientras me corría.

Gruñí con cada chorro, con cada oleada de placer.

Hasta que finalmente me soltó y ambos colapsamos, respirando con dificultad. Mi cabeza todavía daba vueltas.

—¿Estás bien? —pregunté.

—Mm. Creo que me rompiste la garganta.

Solté una carcajada, pero me senté y lo ayudé a sentarse también. Toqué suavemente su garganta.

—¿Se siente bien?

Hizo una mueca cuando tragó.

—Déjeme ver. Abre.

—No. Abrirla de par en par es lo que la rompió.

No quise reírme, pero dado que estaba hablando y bromeando, estaba seguro de que estaba bien.

—Vale, no está rota. Y solo para que conste, traté de retirarme y tú me empujaste más adentro.

Hizo una mueca y se encogió de hombros.

—No me arrepiento en lo más mínimo. —Pero luego se estremeció de nuevo cuando tragó.

—Déjame traerte agua. —Abrí una botella de agua para él y le dio un sorbo—. ¿Mejor?

Él asintió.

—Sigo sin arrepentirme.

Resoplé.

—Está bien, pero tal vez necesitar descansar un poco.

—¿Me estás diciendo que me calle?

Me reí.

—No. Relájate. Y no cantes.

—¿Alguna vez me has oído cantar?

—No.

—Y por eso, puedes estar agradecido.

Me incliné y le di un suave beso.

—Te amo.

Me dio una sonrisa y asintió, sus mejillas rojas, inmediatamente incómodo.

—Igual.

Sabía que me amaba. Yo sabía eso. Pero hombre, tenía que admitirlo, comenzaba a doler un poco no escucharlo decirlo. Y no era su culpa… Yo también lo sabía.

Así que traté de hacer una broma de ello y fingí que me había disparado en el corazón.

—Ah, tan cerca, pero tan lejos.

CAPÍTULO SIETE

JEREMIAH

Nunca había experimentado la ineptitud. Nunca había fallado en nada. Bueno, situaciones sociales aparte. Había destacado en todos los aspectos académicos. Había destacado en mi carrera. Había destacado en cualquier tarea que me propusiera.

Pero sentía que le estaba fallando a Tully.

Yo no era un buen novio. No era capaz de corresponder a sus declaraciones de afecto, y le estaba haciendo daño. Él lo necesitaba, claramente prosperaba con ello, y me quedé lamentablemente corto.

Trató de reírse, pero pude ver el dolor en sus ojos.

Me había dicho que me amaba, como lo había declarado muchas veces. Y yo respondí con "Igual".

Igual.

Odiaba ser así.

Antes de que pudiera empeorar las cosas, se puso de pie y me tendió la mano.

—Vamos, salgamos a ver.

Me ayudó a ponerme de pie.

—¿A ver qué?

—A ver lo que podemos ver y ver y ver.

La forma en que la cantó me hizo creer que era una canción de cuna. Una canción infantil que nunca había escuchado.

—No importa —murmuró.

Claramente, también había fallado en eso.

Fuera, al igual que la dirección que había tomado mi estado de ánimo, estaba oscureciendo.

—¿Este barco tiene luces?

Asintió.

—Sí. Pero tenemos una linterna LED. Es mejor usar eso que la batería del barco.

Encontró la linterna y, abriendo la puerta, salió a popa. Todavía había suficiente luz del día para ver, aunque apenas. El cielo estaba nublado y gris, las nubes bajas, pero no llovía, y el agua estaba oscura. No era tan amenazador como antes, pero no estaba tranquilo de ninguna manera.

Encendió la linterna, la sostuvo y escudriñó la playa.

Casi tenía miedo de preguntar.

—¿Algún visitante?

—No que yo pueda ver. No hay ojos que nos devuelvan la mirada.

—No son necesariamente los que puedes ver los que me molestan.

Se volvió y me frotó la espalda.

—Estamos a salvo aquí. Si necesitas orinar, puedes ir a la proa y apuntar a favor del viento, no contra él.

—No voy a orinar en la parte delantera del barco.

—¿Te gustaría volver a llenar una botella de agua

vacía? También podrías darle esta a los cocodrilos. Absolutamente deberíamos patentar Cocod-rade. Electrolitos del color de la orina con mordiscos de dientes de cocodrilo en la etiqueta. Podría ser el nuevo Red Bull.

Lo ignoré y ni siquiera me molesté en poner los ojos en blanco.

—Estaré bien.

—Si tienes que orinar, tienes que orinar. Y si necesitas un baño por cualquier otra razón, te sugiero que lo hagas ahora antes de que perdamos toda la luz. Hay una pala de camping, de esas que se doblan, para que entres en los arbustos y caves un hoyo.

Lo miré, y trató de mantener una cara seria, pero fracasó. Le di un empujón juguetón.

—No eres gracioso.

Rio.

—Tienes una cabeza cerrada.

Lo miré con los ojos entrecerrados.

—¿Es ese un término de navegación con el que debería estar familiarizado?

Tully resopló.

—Vamos, te mostraré.

Reveló una puerta oculta que llevaba a un baño. Era aproximadamente del mismo tamaño que el baño de mi antiguo apartamento en Melbourne.

—No quiero saber cuánto cuesta este barco, ¿verdad?

Se rio.

—Probablemente no.

—Bueno, considerando que es absurdamente caro, y

sabes que vi la cúpula en el techo, y ahora que no vamos a volcar, ¿podemos echar un vistazo al sistema de radar meteorológico?

Me sonrió, el mal humor de antes aparentemente olvidado.

—Por supuesto que podemos.

Me mostró cómo encenderlo y también me impresionó. Aunque, sinceramente, dado mi tiempo en Darwin, estaría impresionado con cualquier sistema de radar que no fuera tan viejo como yo.

—Esto tiene un mejor sistema que mi oficina.

—Bueno, eso no sería difícil, considerando que tu oficina no está operativa en este momento. Pero comenzarán pronto y será de última generación. Todo.

—Eso espero.

Observamos el radar por un corto tiempo. Había una banda de nubes justo en la pantalla. La lluvia se había movido hacia el este y no parecía quedar mucho en la cola. Besó mi hombro.

—¿Te sientes mejor ahora que puedes verlo?

Asentí.

—Sí, gracias. —Me giré hacia él y lo acerqué más. Puede que no fuera capaz de decir algunas cosas en voz alta, pero podría decir esto—. Gracias por lo de antes. Nunca me ridiculizas ni te burlas de mí. Y sabes exactamente cómo hacerme sentir mejor. Quiero que sepas cuánto significa eso para mí.

Él sonrió, no una sonrisa llena de potencia, ni siquiera una sonrisa realmente feliz. Y entonces me di cuenta de la diferencia entre sus sonrisas honestas, como las que hacían que mi corazón diera un vuelco, y la que tenía ahora. Eran tan diferentes.

—Lo sé —murmuró. Luego puso su dedo en mis labios—. Se supone que debes estar descansando tu garganta.

Así que sí, estaba fallando en ser un novio.

Necesitaba hacerlo mejor. Necesitaba ser mejor, esforzarme más.

Por él.

Así que tomé su mano, le puse la palma hacia arriba y nerviosamente dibujé un corazón con mi dedo índice.

Tully se mordió el interior del labio antes de que estallara una sonrisa. Una sonrisa genuina esta vez.

—¿Acabas de dibujar un culo?

Puse los ojos en blanco y se rio, tirando de mí para abrazarme. Besó mi sien, y cualquier dolor de antes parecía haberse disipado. Y ese era Tully Larson, herido por un breve momento antes de dejar que su lado brillante volviera a brillar.

Dios mío, no lo merecía.

—Era un corazón —murmuré en su cuello.

—Era un culo. —Luego pasó su mano por mi trasero y apretó—. Me gustan los culos.

Suspiré, largo y fuerte.

—Estoy cansado. Ha sido un día largo.

—¿Quieres darlo por terminado?

—Creo que sí.

—¿Todavía puedo agarrar tu culo si nos acostamos? —Me dio otro apretón por si acaso.

Resoplé.

—Bien.

Cuando nos acostamos, usé el brazo de Tully como almohada y suspiré cuando el cansancio se apoderó de mí. El suave balanceo del barco fue incluso agradable.

—Nos vamos a casa mañana, ¿no?

—¿No quieres quedarte unos días?

—Realmente no.

Sonriendo, besó mi sien.

—Podemos intentar arreglar ese soporte de caja meteorológica por la mañana, luego regresar con el cambio de marea por la tarde. ¿Te parece bien?

—Perfecto. Gracias por traerme aquí. No quiero sonar desagradecido, porque estoy muy agradecido de que estés aquí conmigo. Y no puedo creer que la oficina central pensara que podría venir aquí con alguien que no fueras tú.

—Bueno —dijo con un suspiro—, incluso si alguien te hubiera traído, hubiera venido con vosotros. —Se giró sobre su costado y me atrajo hacia sus brazos apropiadamente. Sus ojos estaban cerrados—. Nadie te atrapa para sí mismo excepto yo.

Sonreí mientras me dormía.

—Nadie más que tú.

Me desperté con un espantoso balanceo y, por un momento en que no me desperté del todo, pensé que me había despertado borracho.

No estaba borracho. Todavía estaba en este maldito barco.

También estaba solo.

—¿Tully? —llamé, levantándome.

Apenas era de día, aunque todavía estaba nublado, y la puerta estaba abierta. Salí con los pies algo inestables, teniendo que agarrarme a la pared. No podía ver a Tully por ninguna parte. Traté de no entrar en pánico. No podía ver ningún cocodrilo, pero uf, el agua estaba agitada; olas rápidas y desiguales estaban meciendo el barco. Fui a la parte de atrás, a punto de pisar el embarcadero desvencijado. El pánico comenzó a subir en mi pecho.

—¿Dios mío, Tully? ¿Dónde estás?

—Oye. Estoy aquí arriba —gritó desde el otro extremo del barco. En la proa, sentado con los pies sobre el borde como un loco. ¿Estaba sosteniendo una caña de pescar?

—Por favor, no cuelgues tus pies cerca del agua —supliqué—. Los cocodrilos pueden saltar, ya sabes. ¿Estás loco? Pensé que te habías caído por la borda y te habías perdido, presumiblemente atrapado por un cocodrilo, y sabes que no sabría qué hacer.

Rio.

Porque por supuesto que rio.

—Iba a pescar un pez.

Miré a mí alrededor, tratando de dejar que mi rostro mostrara lo disgustado que estaba con esa idea.

—Oh, Dios. ¿Picó alguno?

Se rio más fuerte y comenzó a enrollar su hilo.

—No pican. Pensé que con los cielos nublados y el agua agitada podría tener algo de suerte.

Terminó de recoger su caña y se puso de pie, caminando por el borde del barco hacia mí, y traté de no tener un ataque al corazón mirándolo. Caminaba, descalzo, fíjate, como si estuviera en tierra firme y no en una barandilla delgada y estrecha en un barco que se balanceaba en aguas turbulentas.

Le tendí la mano.

—Por favor, baja. Me estás asustando.

Saltó hacia el suelo, sonriendo, y tomó mi mano para mirar mi reloj.

—Uf, frecuencia cardíaca elevada. No es mi método preferido para aumentar el ritmo cardíaco. —Entonces sus ojos se encontraron con los míos y dejó escapar un suspiro de decepción—. Olvidamos usar la correa del pecho ayer durante nuestra lección de matemáticas de setenta menos uno. Es posible que necesitemos una repetición hoy... —Luego hizo una mueca—. Ah, ¿cómo está tu garganta esta mañana?

—Mi garganta está bien.

—¿Para que podamos tener otra lección de matemáticas? Ambos obtenemos estrellas doradas al mismo tiempo.

Resoplé.

—No me opongo. Siempre y cuando cumplas la promesa que hiciste ayer.

Me miró entrecerrando los ojos, confundido.

—¿Que promesa?

—Que te entierres en mí cuando lleguemos a casa y tengamos lubricante.

Sus ojos se abrieron, al igual que su sonrisa. Palmeó su polla.

—Maldita sea, cariño. Podríamos irnos a casa ahora mismo.

—Necesitamos arreglar la caja meteorológica.

—Que se joda la caja meteorológica.

Me reí.

—No será la caja meteorológica la que lo consiga, te lo aseguro. ¿Deberíamos desayunar algo? Estoy hambriento.

Dejó su caña de pescar y me siguió adentro.

—No, me gustaría retomar la conversación profunda. Y la lección de matemáticas.

Encontré el recipiente de los gajos de naranja, lo abrí y acerqué una rodaja a los labios de Tully. El barco se balanceaba tanto que casi no le acierto en la boca.

—Oh, Dios, realmente me gustaría estar fuera de aquí. Fuera este barco, lejos de esta isla. —Tuve que agarrarme al asiento—. Cuanto antes tratemos de arreglar la caja, antes podremos irnos, ¿verdad? Mencionaste esperar la marea. ¿Tenemos que esperar?

—No, solo significa que tendremos que navegar alrededor de los bancos de arena. Pero no hay problema. —Me agarró del brazo—. ¿Estás bien?

Negué con la cabeza.

—Me gustaría mucho bajar a tierra firme.

—Bueno. Déjame comprobar el radar meteorológico. Todavía está nublado, pero el viento podría determinar si tenemos que irnos ahora.

Una magnífica idea espléndida.

—Sí, sí. Lo siento, no pensé en eso.

Al parecer, no pensaba en nada cuando estaba estresado. Ni en ciclones. Ni en barcos oscilantes. Tully pensaba con claridad y racionalidad todo el tiempo, y todo lo que mi mente podía hacer era reunir suficientes sinapsis para que yo me aferrara al asiento mientras el barco se balanceaba.

—Ven y echa un vistazo —dijo Tully—. Te hará sentir mejor. La temperatura es veinticuatro grados. La humedad es de sesenta y tres.

Me tendió la mano y me rodeó con el brazo cuando me detuve frente al radar. Una banda de lluvia cubría el Top End, tonos de azul y parches de verde que significaban lluvias ligeras a moderadas que se esperaban en la próxima hora más o menos.

—Velocidades del viento del oeste de diez a quince nudos —dije—. ¿Está bien? —Sabía lo que significaban esos números, pero no lo que significaba estar en un barco en medio de esa potencia de viento.

—Tenemos que irnos para cuando llegue esto —dijo Tully, señalando la depresión cada vez más profunda en el radar—. Según esto, las olas fuera ya son de un metro, y si esperamos demasiado, serán de dos metros, y no querrás estar aquí en esas condiciones.

Mi estómago se revolvió. No quería estar en las condiciones de ahora.

Me apretó el hombro.

—Tenemos que irnos a las diez, ¿de acuerdo?

Miré mi reloj. Eran casi las seis y media de la mañana. ¿Tres horas y media?

—Fácil.

Se puso las botas, luego tomó mi muñeca y miró mi reloj.

—Está bien, antes de que tu reloj se sobrecaliente, tenemos que llevarte a tierra firme.

—¿Hay cocodrilos?

Me dio una sonrisa triste y negó con la cabeza.

—No.

Estaba casi seguro de que solo estaba diciendo eso.

Puso su mano en mi pecho, para ver si realmente podía sentir los latidos de mi corazón; estaba seguro de ello.

—¿Estás bien?

Asentí con más convicción de la que sentía.

—Sí. Pongamos esta estúpida caja meteorológica en su estúpido soporte para que podamos irnos.

Me ayudó a bajar del barco, luego me ayudó a lo largo del embarcadero, todo porque aparentemente mis piernas no estaban conectadas con mi cerebro. Incluso en tierra firme, sentí como si mis rodillas cedieran.

Tully me sujetó el codo, tratando de no reírse.

—¿Estás bien?

—Mis piernas han perdido toda integridad estructural. —Mi rodilla izquierda se tambaleó justo en el momento y casi caigo.

Se rio mientras me ayudaba a mantenerme erguido.

—Caminar ayuda. Vamos, piernas de gelatina.

Caminamos hasta la puerta de la valla. Bueno, Tully caminó; yo me tambaleé como un potro recién nacido. Y Tully me puso directamente a trabajar.

Realmente era muy bueno distrayéndome. Sabía exactamente lo que necesitaba para distraerme. El marco en el que se encontraba la caja meteorológica necesitaba refuerzos adicionales, por lo que me envió a buscar algunas ramas o madera flotante con instrucciones estrictas de no ir demasiado lejos.

No debería haberse preocupado por eso.

No estaba interesado en ir demasiado lejos, para nada. Lo último con lo que quería tropezar era con un nido de cocodrilos en algún arbusto. No había mucha vegetación para elegir, pero el ciclón Hazer había hecho un desastre, lo que hizo que elegir algunas ramas y palos fuera mucho más fácil.

Regresé al patio justo cuando Tully estaba clavando una estaca de metal en el suelo. Todo lo que quedaba de donde se había fijado la base en el suelo eran dos clavijas, y estaba agregando una tercera.

—Lo encontré junto a la cerca —dijo mientras usaba el talón de su bota para aplanar el alrededor.

—Ten cuidado —insté—. Ensartar tu talón con una punta de metal oxidada está extremadamente bajo en mi idea de diversión.

Rio.

—Tengo botas de confianza. Y no tengo mazo. —Gruñó con el último pisotón y jadeó, con las manos en las caderas—. Pero si puedo unir el marco a la base, lo haría más resistente, y estaremos listos para irnos.

Tiré mi montón de palos.

—Estás yendo más allá de lo esperado.

Cogió el primer palo más largo.

—Bueno, tendrán que salir y reemplazarlo de todos modos, pero al menos si podemos obtener una lectura un poco precisa, entonces venir aquí no fue en vano. —Se encogió de hombros—. Y si este puesto se cae tan pronto como nos vayamos, me importa muy poco.

Se dispuso a sujetar el marco con palos y a unirlos trenzándolos. No era bonito, pero era mucho mejor de que lo que yo jamás podría armar.

Y funcionó.

Pusimos la caja meteorológica en el marco, la aseguró con tornillos y bridas, y después de una buena hora más o menos, estaba lista.

Entré en la letrina y comprobé los contadores.

—¡Están funcionando! —grité.

Tully entró, todo sudoroso y preocupado.

—¿Qué pasa?

—¡Lo conseguiste! —dije, dándole un beso en la mejilla. Estaba tan orgulloso de él. Él hizo esto. Lo arregló todo. No era perfecto y los técnicos tendrían que venir y asegurarlo todo. Pero lo había arreglado. Esta estación ahora estaría enviando lecturas precisas a la oficina.

El cielo retumbó en lo alto.

—Está bien, esa es nuestra señal —dijo Tully—. Voy a buscar la caja del equipo. Lo cierras todo. Y nos vamos a casa. Donde hay cerveza y lubricante.

Me reí. No tenía muchas ganas de volver a casa, pero la cerveza y el lubricante sonaban como una excelente manera de pasar la tarde.

Después de las duchas calientes, por supuesto.

Recogimos las herramientas de la caja y tomé algunas fotos más antes de cerrar la puerta de la letrina. Tully cargó la caja y se dirigió hacia el barco mientras yo cerraba la puerta de la valla. Y justo cuando metí el candando por el agujero del cerrojo, tuve un sabor de boca muy fuerte, muy repentino.

Oh, no.

Miré hacia arriba al cielo nublado. Nubes cumulonimbos, bajas y oscureciendo. Estaba lloviznando y los truenos rasgaban el cielo.

Algo no se sentía bien.

No sonaba bien, como si todo estuviera en el vacío. Hizo que los pelos de la nuca se me erizaran.

Oh, Dios.

—¡Tully! —grité—. ¡Ve al barco! ¡Ahora!

Se dio la vuelta cuando estaba a medio camino del embarcadero.

—¿Qué fue eso?

El cobre que repentinamente llenaba mi boca era podrido. Demasiado fuerte, como si mi boca estuviera llena de sangre.

—¡Corre! —grité, tratando de hacer que mi cuerpo se moviera. Que corriera, acelerara. Quería salvarlo.

Entonces el cielo se puso blanco, y todo quedó tranquilo antes de que estallara el silencio.

Y luego no hubo nada.

CAPÍTULO OCHO

TULY

JEREMIAH GIRÓ, DE LA MISMA MANERA QUE SU MADRE había girado en esa horrible grabación en Collins Street.

Bailó de la misma manera que su madre, su brazo extendido hacia fuera mientras caía al suelo.

El sonido ensordecedor del rayo, su blancura cegadora, no era nada cuando todo lo que podía ver era a Jeremiah girando así.

El vacío de sonido mientras se derrumbaba en el suelo.

Ni siquiera me había dado cuenta de que yo estaba en el suelo. La caja estaba volcada. ¿Me había derribado?

No recordaba haberme caído.

Solo lo veía a él.

Me puse de pie, luchando por correr hacia él, deslizándome hasta donde yacía su cuerpo, con la pierna torcida debajo de él. Pero sus ojos…

Tan profundos, tan azul.

Abiertos y mirando fijamente.

—Jeremiah —dije sacudiéndolo—. ¡Jeremiah!

Nada.

No, no, no.

—No —grité. Lo sacudí. Supliqué y toqué su rostro.

Nada.

Así que golpeé mis puños en su pecho con toda la fuerza que tenía.

Respiró hondo, como si lo hubieran reiniciado, y parpadeó.

Luego gimió.

Sollocé, apretando su camisa, mi frente en su pecho.

—Jeremiah, respira por favor, cariño. Solo respira para mí.

Él gimió de nuevo. El aliento de sus pulmones sonaba como un neumático a punto de estallar.

Lo miré a la cara, asegurándome de que pudiera verme.

—Cariño, por favor. Quédate conmigo, ¿de acuerdo? Tienes que quedarte conmigo.

Él gimió de nuevo. Su respiración era superficial, áspera. Intentó hablar. Luego trató de sentarse, pero no pudo. Negué con la cabeza.

—Quédate ahí —le dije—. No te muevas.

Necesitaba ayuda, y yo tenía tres opciones: subirlo al barco y llevarlo de regreso a Darwin, hacer una llamada por radio para pedir ayuda o llamar a una evacuación médica.

Evacuación médica, Tully. Ahora.

Necesitaba un teléfono.

El mío estaba en el barco donde lo dejé ayer. No teníamos servicio aquí porque estábamos en una isla remota en medio del maldito océano, y de todos modos odiaba el maldito aparato. El teléfono de Jeremiah estaba en su bolsillo porque había estado sacando fotos... Lo palmeé hasta que lo encontré y lo saqué... estaba muy caliente. Y completamente muerto. No, no muerto. Estaba frito.

¡Mierda!

Espera. El teléfono satelital.

En el barco.

Maldita sea.

—Jeremiah, escúchame —dije—. Quédate aquí. No intentes moverte. Vuelvo enseguida.

Él gimió.

No quería dejarlo, pero no tenía elección.

Corrí hacia el embarcadero, sin importarme qué tablas pisaba. Llegué al barco, abrí la puerta y encontré el teléfono en la consola, vi la baliza de emergencia y la encendí, antes de regresar corriendo a Jeremiah.

Ahora estaba medio sentado, lo que probablemente era una buena señal, pero tan pronto como me deslicé en la tierra a su lado, volvió a caer al suelo.

Cristo.

Marqué el 000, tratando de mantener la calma.

—Policía, ambulancia o bomberos —dijo una voz de mujer.

—Policía. Ambulancia, guardacostas. No sé. Alguien. Necesito una evacuación médica...

—Señor, ¿cuál es su emergencia?

—A mi novio le acaba de caer un rayo —dije con lágrimas en los ojos—. Estamos en la Isla de Oxley en la estación meteorológica. Ahora está respirando, pero tiene mucho dolor. No parece estar bien. —Sollocé—. Por favor envíe a alguien. Por favor, dense prisa.

Ni siquiera sé qué pasó en los minutos posteriores. Una eternidad después. Nunca había estado tan feliz de escuchar un helicóptero en mi vida. Lloré de alivio por el sonido. Con miedo también.

Nunca había estado tan jodidamente asustado.

Jeremiah estaba un poco más consciente. Respiraba bien, pero todavía no parecía poder hablar, y seguía tratando de dormir.

Estaba tan malditamente débil.

Por algún milagro, el helicóptero aterrizó en la playa y dos médicos corrieron hacia nosotros. Llevaban monos verdes y cascos blancos, tal como se ve en las películas.

Y se lo llevaron, igual que se veía en las películas.

De alguna manera tuve el sentido de preguntarles a dónde lo llevaban.

El Hospital Royal Darwin.

Se suponía que debía esperar a que llegara el barco de la guardia costera, pero no había manera.

De ninguna manera.

La guardia costera podría arrestarme o multarme o hacer lo que tuvieran que hacer. Pero no iba a esperar.

Recogí la caja y la subí a bordo, desamarré el barco, apagué la baliza de ubicación y encendí los motores.

Llamé por radio a la guardia costera mientras navegaba hacia Isla Croker. Les di el registro del barco y les dije mi destino previsto. Les dije que cancelaran la emergencia, el barco estaba bien y no necesitaba su ayuda porque me encontraba bien.

Pero no estaba bien.

Estaba muy lejos de estar bien.

Navegué el barco a través de la lluvia y las fuertes olas con más velocidad y menos precaución de la que probablemente debería haber tenido durante lo que parecieron horas, y tuve que recordarme a mí mismo que debía reducir la velocidad porque no le sería útil a Jeremiah si volcaba…

Y necesitaba verlo.

Cuando llegué al sur de la Isla Melville y mi teléfono sonó con una señal, llamé a mi padre.

—Hola, Tull —dijo.

Tan pronto como escuché su voz, me eché a llorar.

—Papá, se han llevado a Jeremiah al Hospital Royal. Estoy volviendo ahora. Estoy en la Isla Melville. Llevaré el barco al puerto deportivo, pero necesitaré un coche o cualquier vehículo para ir al hospital.

Ni siquiera sé cómo me las arreglé para hablar o cómo se las arregló para entenderme. Pero él se encargaría de todo como sabía que lo haría.

Entré en el muelle principal del puerto deportivo donde me había dicho que fuera. No hubo tiempo para estacionar y amarrar en nuestro sitio asignado. Ni siquiera apagué el motor. Tan pronto como me acerqué, papá subió a bordo, bajé y él se hizo cargo. Mamá me pasó el brazo por los hombros y me llevó al coche que esperaba.

—Iremos justo detrás de ti —dijo abriendo la puerta

del pasajero para mí.

Ellis estaba en el asiento del conductor.

Como una operación militar, mi familia nunca me había defraudado.

Y sabía que Ellis habría tenido cien preguntas, pero me miró y simplemente asintió.

—Cristo. Está bien, Tull. —Condujo mi coche como si lo hubiera robado, y aun así no me pareció lo suficientemente rápido.

Quería decirle gracias. Quería contarle lo que había sucedido, pero no confiaba en mí mismo para hablar.

—Se lo llevaron en helicóptero, ¿no? —preguntó.

Asentí.

—Entonces está en las mejores manos.

Asentí de nuevo, secándome una lágrima.

—Será mejor que esté bien. Simplemente tiene que estarlo.

Ellis deslizó su mano por mi hombro y apretó la parte de atrás de mi cuello.

—Lo estará.

—Joder, Ellis. No se veía tan bien.

Me dio un suave apretón mientras conducíamos hacia los terrenos del hospital.

—Oye. Él estará bien. Pero te diré algo, te dejaré en urgencias e iré a aparcar el coche. Tienes que decirles que es tu marido, ¿de acuerdo? Diles que estás casado para que te dejen entrar a verlo. De lo contrario, no les importa nada.

Asentí, tratando de recomponerme.

Se detuvo en las puertas de emergencia.

—No tardaré mucho. Te encontraré.

Salí y entré, dirigiéndome directamente a la ventana de admisiones. La enfermera echó un vistazo a mi rostro húmedo, sucio y surcado por lágrimas.

—¿Puedo ayudarte?

—Sí —dije. Entonces recordé lo que acababa de decir Ellis—. Estoy aquí para ver a mi esposo. El helicóptero de evacuación médica lo trajo. Fue alcanzado por un rayo.

Ahora, no sé si fue por lo que dije o por cómo apenas podía hablar o si fue por la expresión de mi rostro, pero ella se puso de pie y asintió hacia la puerta de acceso.

—Te llevaré.

Ellis entró corriendo en el momento adecuado, justo cuando se abrieron las puertas de seguridad, y pasamos, pero la mirada en el rostro de la enfermera me detuvo en seco…

Jesús, No.

—¿Está…? ¿Dónde está? ¿Está bien? —No podía recuperar el aliento—. ¿Está…?

—Por aquí —dijo ella.

Todavía no había respondido, y ahora mis piernas no funcionaban y Ellis tenía que hacerme caminar. Por los pasillos, el olor atroz de los hospitales, los fluorescentes, el frío.

—Solo necesito saber si está bien —dije tratando de contener las lágrimas y la necesidad vomitar.

La enfermera se detuvo en lo que ahora me di cuenta era la sala de cuidados intensivos.

—Quédate aquí, llamaré al médico.

—¿Dónde está Jeremiah? —le pregunté, pero ella se

había ido. Fui a seguirla. Necesitaba encontrarlo.

—Oye —intentó Ellis, tirando de mi brazo—. Tenemos que esperar.

¿Por qué nadie me decía dónde estaba?

—¡Jeremiah! —grité, dirigiéndome hacia la puerta—. ¡Jeremiah!

Apareció una doctora con la enfermera. Una mujer alta con un ceño fruncido preocupado.

—Disculpe —dijo ella.

—Necesito encontrar a Jeremiah Overton.

—¿Estaba con él cuando le cayó el rayo?

—Sí, yo…

—¿Qué me puede decir sobre el suceso? —continuó preguntando—. ¿Lo golpeó directamente? Qué tan cerca estaba…

—¿Está bien? —pregunté, pero mi voz no se escuchaba bien—. ¿Está vivo? —pregunté, más fuerte esta vez. Ellis todavía me tenía agarrado del brazo.

—Sí —respondió ella, y casi caí de rodillas.

Dios mío.

Gracias a Dios.

—Está bien, ven y siéntate —dijo Ellis, llevándome a una silla en el pasillo.

Había silencio hablando a mí alrededor. Escuché que se decía mi nombre sobre la sangre que me golpeaba la cabeza, luego la médico se inclinó para hablarme.

—Señor Larson, soy la doctora Jillick. ¿Lo alcanzó también? ¿A qué distancia estaba de su esposo en el momento del impacto?

Negué con la cabeza.

—No sé… tal vez veinte metros. Creo que me caí,

pero él... él dio vueltas. Estaba cerca de la valla de metal, giró y se derrumbó. —Tuve que limpiarme otra lágrima—. Como una marioneta cuando cortas las cuerdas. El solo... cayó. Y estaba mirando fijamente, y no creo que estuviera respirando. No sé. Creo que le golpeé el pecho un par de veces y realmente necesito verlo. Por favor.

La doctora habló con la enfermera y la enfermera desapareció, pero luego la doctora estaba enfocando su linterna en mis ojos y sosteniendo mi muñeca, bueno, no, me estaba tomando el pulso.

—Estoy bien —dije—. Realmente necesito ver a Jeremiah.

—Dijo que se cayó —dijo la médico, todavía sosteniendo mi muñeca. Luego, la enfermera regresó con una máquina y me puso una cosilla de pulso en el dedo y una banda en el brazo para medir la presión arterial.

—¿Señor Larson? —repitió la doctora Jillick—. ¿Se cayó?

—Eh, sí, estaba llevando la caja con el equipo de regreso al barco, y luego no la tenía en las manos. Estaba tirado sobre la arena. Se me cayó la caja, creo. No sé, estaba demasiado ocupado concentrándome en Jeremiah para darme cuenta de lo que me pasó.

—Está bien, su pulso está un poco por encima de lo normal, pero es regular. Su presión arterial es alta...

—Sí, he tenido un día un poco difícil, no voy a mentir.

—Me gustaría que le revisaran adecuadamente...

—Y a mí me gustaría ver a Jeremiah —dije poniéndome de pie.

Ellis se puso en pie conmigo, sosteniendo mi brazo.

—Tull, tenemos que asegurarnos de que estás bien.

—No estoy bien —lloré—. Estoy lejos de estar bien. Necesito verlo. ¿Por qué no me dejan verlo?

Y luego pensé, *a la mierda, lo buscaré yo mismo*.

Esquivé a la doctora y me dirigí a la puerta opuesta a la estación de enfermeras, pero Ellis me detuvo con su agarre en mi brazo. Traté de liberarme, pero entonces la doctora estaba frente a mí.

—Señor Larson —dijo con severidad—. No me haga llamar a seguridad.

—Solo necesito verlo —dije—. Un minuto. Eso es todo. Solo necesito verlo. —Tuve que limpiarme las lágrimas de la cara otra vez. Intenté respirar, pero salió como un sollozo—. Si él no está bien…

Ellis tiró de mí para abrazarme y caí sobre él, sus fuertes brazos me sujetaron con fuerza, sosteniéndome, y él me abrazó mientras lloraba.

—Solo necesito verlo —murmuré.

—Lo sé.

Me abrazó un poco antes de llevarme de vuelta a la silla, y de repente estaba tan jodidamente cansado que apenas podía mantener los ojos abiertos.

Luego volvió la doctora Jillick.

—Está bien, tiene un minuto. Puede verlo durante un minuto. Había rastros de hemo pigmentos en su orina, así que le administramos alcalinizantes para minimizar las complicaciones renales. Estamos monito-reando su corazón, así que no se alarme por la maqui-naria. Las lesiones por rayos tienden a empeorar en las pocas horas posteriores antes de mejorar.

Me puse de pie, con el corazón en la garganta, repentinamente asustado de verlo. De ver lo gravemente herido que estaba. No podía hacer que mis piernas funcionaran.

—¿Señor Larson? —dijo la doctora.

Ellis estaba a mi lado.

—Vamos —dijo instándome a seguir—. Iré contigo.

Tragué saliva y logré asentir. Mis pies se sentían pesados, mis pasos muy lentos. Pero seguí a la médico a la gran sala. Había muchos cubículos, la mayoría con las cortinas corridas, y la doctora caminó hacia uno en particular y se detuvo.

—Un minuto —dijo y luego abrió la cortina—. Tuvo mucha suerte. Su ECG ha mostrado alguna función irregular, su función cerebral es normal. Estamos realizando más pruebas y manteniéndolo monitoreado de cerca.

Habló sobre los puntos de entrada y salida y los órganos afectados, pero no pude entender bien lo que estaba diciendo porque lo que vi casi me mata. Yacía allí, con media docena de máquinas pitando a su lado, conectando cables a su torso. Pero tenía un vendaje envuelto alrededor de su cabeza, cubriendo sus ojos.

Sus hermosos ojos.

—Es por precaución —dijo la médico, y me di cuenta de que mi mano estaba tocando mi propia cara, mis ojos—. Los ojos y los oídos son susceptibles de sufrir daños por la caída de rayos.

Sí, por supuesto.

—Sus pupilas se estaban dilatando y estaba

siguiendo el movimiento. No creemos que haya sufrido daños en la retina.

Tomé su mano, pero él no reaccionó.

—Hola —susurré—. Soy yo. Estoy aquí. Junto a ti.

Las máquinas emitieron pitidos y sus labios se abrieron. Entonces su mano… su mano apretó la mía.

Mis rodillas casi cedieron y tuve que apoyarme en la cama. Llevé su mano a mi cara y sollocé.

—Vas a estar bien —le dije a través de mis lágrimas—. Estaré justo aquí. Duerme un poco. No voy a ninguna parte.

Muy lentamente, apretó mis dedos.

Nunca había sentido un toque más precioso.

Me incliné y besé su sien.

—Te amo —susurré. El monitor cardíaco emitió un pitido y solté una carcajada. Luego besé sus ojos vendados—. Duerme un poco, cariño. Estaré justo aquí.

La doctora me acompañó y Ellis me volvió a llevar a la silla. Se dejó caer en el asiento a mi lado y me frotó la espalda.

—Mamá y papá están en camino —murmuró, sosteniendo su teléfono—. Les dije dónde estábamos.

Asentí, sintiéndome mejor ahora que lo había visto, pero Dios mío, no podía detener las lágrimas.

—Señor Larson —dijo la doctora Jillick—. Todavía me gustaría que le revisaran.

Negué con la cabeza.

—Estoy bien, honestamente. Está siendo un día muy difícil. —Me pasé las manos por la cara—. Gracias por dejarme verlo.

—¿Tiene dolor de cabeza?

Negué con la cabeza.

—¿Tiene dificultad para respirar? ¿Perdió el conocimiento?

—No.

—¿Visión borrosa?

—Solo cuando lloro —dije tratando de ser gracioso, pero no ayudó que estaba al borde de más lágrimas.

Ellis resopló, su mano en mi rodilla.

La doctora frunció los labios, pero asintió.

—Sugeriría tal vez ir a casa por unas horas, pero yo…

—No voy a irme.

—Supuse que diría eso.

En ese momento, mamá y papá empujaron las puertas, mamá a la cabeza. Se detuvo cuando nos vio, y dios, me hizo empezar a llorar de nuevo. Me puse de pie y ella me recogió en un fuerte abrazo.

—Está bien —dijo Ellis detrás de mí—. Bueno, lo estará.

—Todavía no está fuera de peligro —le corrigió la doctora Jillick—. Deberá estar aquí cuarenta y ocho horas, como mínimo. Tuvo mucha suerte.

—Oh, amor —dijo mamá. Ella se apartó y tomó mi rostro entre sus manos, solo para arrastrarme de vuelta para otro abrazo—. Por supuesto que estará bien.

La doctora se aclaró la garganta y mamá me soltó.

—¿Puedo sugerir una visita a la cafetería? —dijo la doctora—. Pueden verlo de nuevo en una hora más o menos. Si hay algún cambio, se los haré saber.

—Le dije que estaría aquí —le dije, pero Ellis puso su mano en mi hombro.

—Nos está pidiendo amablemente que regresemos en un momento —dijo—. Para que no tengas que salir del hospital, eso es todo. De todos modos, él está durmiendo, ¿verdad?

La doctora le dio un asentimiento agradecido y mamá le dio las gracias, luego me llevó fuera, su brazo alrededor de mi hombro.

Me sentaron en una mesa en la cafetería, papá pronto puso un café frente a cada uno de nosotros. Sabía que necesitarían una explicación, así que intenté empezar por el principio.

—Él ni siquiera estaba haciendo nada loco —les dije—. No salió corriendo en la tormenta. Joder, ni siquiera estaba lloviendo. Estaba nublado y habíamos revisado el radar de antemano. No había actividad de rayos. —Me encogí de hombros—. Estábamos cerrando el recinto porque quería volver a casa. Estábamos a punto de subir al barco. Y entonces él... él...

Mamá me dio un apretón en la mano.

—Estaba poniendo el candado en la puerta de la valla, y yo caminé por delante con la caja con todo su equipo. —Negué con la cabeza—. Y gritó algo. No entendí lo que dijo. Pero estaba haciendo ese gesto con la boca. —Imité la forma en que lo hacía—. Cuando puede saborearlo. Antes del rayo, tiene un sabor horrible en la boca. Entonces me gritó que corriera, y hubo una gran explosión, como si hubiera estallado una bomba, y un destello... —Mi barbilla tembló y parpadeé para contener más lágrimas—. Entonces yo estaba en el suelo. Creo que me derribó. No sé. Pero él estaba tirado allí. —No pude detener las lágrimas. Ni siquiera lo intenté—. La visión de él tumbado allí, inerte, con los ojos abiertos, mirando fijamente, sin verme. Nunca la olvidaré.

Cuando miré a mi madre, tenía lágrimas rodando por sus mejillas.

—Hiciste lo correcto —dijo papá suavemente—. Le conseguiste ayuda.

Me limpié la nariz llena de mocos con el dorso de la mano y Ellis me entregó una servilleta. Miré a mi padre y asentí.

—Perdón por dejarte el barco así. Puedo ir y limpiarlo más tarde, yo solo…

Negó con la cabeza.

—Está bien, Tull. No te preocupes por nada.

—Activé el localizador de baliza de emergencia —dije—. Tendré que reemplazarlo.

Se acercó y me dio unas palmaditas en la mano que mamá aún sostenía.

—Hiciste lo correcto.

Dejé escapar un suspiro tembloroso.

—Gracias a todos por venir a ayudarme. No sé lo que hubiera hecho.

—Nos alegramos de que estés bien —dijo mamá—. Y estamos contentos de que Jeremiah también lo esté.

—La médico quería revisar a Tully, pero se negó —les dijo Ellis—. Porque la onda lo derribó. Retroceso o algo así, lo llamó.

—Estoy bien —agregué rápidamente.

—Tully —comenzó mamá.

—Estoy bien, sinceramente, me siento bien. Solo preocupado por Jeremiah, eso es todo. —Miré a Ellis porque debería haber esperado para decirles eso—. Creo que dejó de respirar. Cuando pasó. No sé si le detuvo el corazón o si fue solo una conmoción, o qué. —Me encogí de hombros—. Estaba mirando fijamente, con la boca abierta. Tal vez fue una conmoción. No sé. Creo que golpeé su pecho. No sé. Es todo borroso.

Las lágrimas de mamá comenzaron de nuevo.

—Pero está aquí.

—Y se suponía que debía esperar a la guardia costera. Los muchachos del helicóptero me dijeron que los esperara. Pero cancelé la solicitud o probablemente todavía estaría por ahí. —Me encogí de hombros y miré a papá—. Probablemente recibirás una factura por eso, así que solo pásamela.

—No te preocupes por eso —dijo papá—. Bebe un poco de café. ¿Cuándo comiste por última vez?

Me encogí de hombros de nuevo y tomé un sorbo de mi café.

—Estoy bien. Para ser honesto, no tengo hambre.

Ellis desapareció y volvió con un sándwich.

Y luego volví a llorar, porque tenía una familia maravillosa y Jeremiah estaba solo en esa cama. Y recordé algo más.

—Oh, Dios.

—¿Qué? —preguntó mamá.

Incliné la cabeza hacia atrás y me masajeé los ojos con el pulgar y el índice. ¿Cómo se suponía que iba a decirle al padre de Jeremiah que lo que le pasó a su esposa, el horrible suceso que terriblemente arruinó sus vidas, le había pasado a su hijo?

—El padre de Jeremiah —dije—. Necesito llamarlo.

CAPÍTULO NUEVE

JEREMIAH

Todo dolía.

Todo.

Mis huesos. Mi cerebro. Mi piel.

Todo.

Recordaba la cara de Tully. Las nubes grises detrás de él. Una llovizna. Su pelo mojado. Sus lágrimas.

Su miedo.

Después nada.

Luego hubo luces y gente mirándome. Un hospital. Recordaba que los médicos me decían que cerrara los ojos, me ayudaría, dijeron. Me tapaban los ojos porque ayudaría, decían.

Sonaba como si estuvieran bajo el agua.

Entonces todo estaba oscuro y lo único que existía era el dolor.

Hasta que eso tampoco existió, desapareció.

Pero, entonces hubo un toque familiar. Una mano sobre la mía. Una voz conocida. Sonaba tan triste. Estaba llorando. Pero él era inflexible y fuerte, y me aferré a eso.

Él no iba a ninguna parte.

Estaría justo aquí.

Aquí mismo.

No se iría.

"Duerme un poco" dijo. "Estaré justo aquí".

Me aferré a eso con todo lo que me quedaba.

Me desperté con más sonidos. Pitidos. Voces lejanas. Sonaba muy apagado, pero mejor que antes. Aún había solo oscuridad, pero alguien me sostenía la mano.

No necesitaba ver para saber quién.

Apreté su mano. Traté de hablar, a pesar de lo seca que estaba mi boca, lo seca que estaba mi garganta.

—Hola.

—Jeremiah —susurró. La voz de Tully era como oír el cielo—. Estás despierto —dijo—. Gracias a Dios.

Me llevé las manos a la cara, tratando de encontrar por qué no podía ver.

Sus suaves dedos me detuvieron.

—Es un vendaje. Los médicos dijeron que era solo por precaución. —Apretó ambas manos y sentí que la cama se hundía. Su voz estaba mucho más cerca ahora, su aliento más cálido y un suave beso en mi frente—. Estás bien, cariño. Y estarás mejor.

Suspiré, descansando, disfrutando del hecho de que él estaba aquí. Que tomaba mis manos. Que me amaba.

Traté de mantenerme despierto, de mantenerme coherente, pero la pesadez me arrastró hacia el fondo nuevamente. Todo se sentía fuera de lugar. Mi corazón, mi respiración.

Pero estaría bien. Tully lo dijo.

Y él todavía tenía cogida mi mano.

ME DESPERTÉ DE NUEVO CON MÁS VOCES. MURMULLOS suaves, familiares y cálidos. Sabía que estaba cerca, pero mis manos estaban vacías.

—¿Tully?

—Oye, hola —dijo tomando rápidamente mi mano—. Estás despierto. Pareces mejor.

Una mano tocó mi otro hombro. Tan gentil.

—Oh, Jeremiah, hemos estado tan preocupados.

La señora Larson.

¿Estaba aquí?

Tully resopló.

—Mamá está aquí. Papá y Ellis también, pero acaban de ir a buscar algo de beber.

Todavía no podía ver, pero me dolía la espalda. No como antes. Sino como si hubiera estado acostado demasiado tiempo.

—Necesito sentarme —dije tratando de hacer exactamente eso.

Me sentía rígido y dolorido por todas partes, y mi cabeza daba vueltas. Mi pecho se sentía agitado.

—No, quédate ahí —dijo Tully—. Iré a buscar a la médico.

Dejó caer mi mano y la Sra. Larson palmeó mi otro brazo.

—Oh, estamos tan contentos de que estés bien. Tully ha estado loco de preocupación —dijo en voz baja—. Lo hicimos ir a casa y ducharse, porque apestaba. Pero volvió inmediatamente.

—¿Cuánto tiempo...?

—Te trajeron esta mañana. Ahora son más de las seis de la tarde.

Traté de asimilar eso.

—¿Recuerdas algo?

Lo intenté...

—Solo a Tully.

La señora Larson lloró y rio.

—Por supuesto. —Me palmeó el brazo de nuevo—. Te trasladaron en un helicóptero de evacuación médica.

¿Helicóptero?

Tuve destellos de ser subido en una camilla. Hombres con cascos blancos...

Negué con la cabeza.

Estaba mareado y mi corazón se sentía acelerado.

La señora Larson habló en voz baja.

—Tully lo llamó y luego navegó el barco de vuelta. Creo que rompió la barrera de la velocidad, pero ambos estáis bien y eso es todo lo que importa.

No estaba seguro de qué decir. Todo parecía tan confuso.

—Ah —dijo la señora Larson—. Antes de que llegue la doctora, Tully les dijo que estabais casados para que le permitieran quedarse. Te lo digo para que sepas si los médicos o las enfermeras se refieren a tu esposo.

¿Mi qué?

—¿Esposo?

Ella palmeó mi brazo.

—Shh.

—Oh, señor Overton —dijo una extraña voz de mujer—. Está despierto.

—Es doctor —dijo Tully—. Doctor Overton. —Una breve pausa—. Eh, no es médico. Es un doctor genio.

—Ah —dijo la voz de la mujer—. Doctor Overton. Soy la doctora Jillick. Del tipo médico.

Eso espero…

—Encantada de tenerlo con nosotros —dijo—. Nos dio un buen susto.

—Necesito sentarme. Me duele la espalda —dije. Probé de nuevo con el vendaje—. ¿Podéis quitarme esto?

Una mano desconocida me detuvo esta vez. La doctora Jillick, supuse.

—Está bien, lo sentaremos primero y le haré algunas preguntas antes de quitarle los vendajes. ¿Qué le parece?

—Como si tuviera muy pocas opciones.

Tully resopló, aunque sonó como si estuviera sollozando.

—Él está bien.

La cama comenzó a inclinarse y pronto estuve medio sentado. No estaba seguro de si era mejor o peor. *Mejor, creo.*

—¿Puede decirme si tiene dolor?

—Eh. Sí, aunque es difícil de localizar. Es... por todas partes.

Tully volvió a tomar mi mano. La izquierda, esta vez. La doctora Jillick estaba a mi derecha.

Tratar de obtener algo de sensación de espacio me ayudó, y traté de pensar en mi cuerpo.

—Mi espalda. Espalda baja.

—Podría estar relacionado con los riñones. Hemos hecho unas pruebas de sangre y orina. Tenía algo de pigmentación presente en su orina, que hemos contrarrestado.

—Alcalinización.

Hubo una pausa como si estuviera sorprendida de que yo supiera esto.

—Sí.

—Me duele la cabeza —dije—. Un dolor de cabeza sordo. Sin dolor agudo. Me siento mareado. Me duele el pecho, el lado izquierdo. Mi corazón se siente agitado. Me duele la rodilla derecha. Me duelen los dientes. En general me duele todo. Me duelen los huesos. ¿Debería doler un esqueleto? No estoy seguro de que deba doler.

Tully llevó mi mano a su rostro. Parecía dolerle escuchar.

—Su actividad cerebral es normal —dijo la doctora Jillick—. Su ECG está en el lado más débil de lo normal y hay algo de fibrilación auricular, pero eso no es raro en las lesiones por rayos. Lo tenemos medicado para eso, y lo seguiremos vigilando durante cuarenta y ocho horas. Tiene un punto de entrada de quemadura eléctrica en el lado izquierdo cerca de las costillas, lo que explicaría el dolor. También tiene heridas de salida en las plantas de ambos pies —dijo—. Son pequeñas, de aproximadamente cinco milímetros cada una, quemadura de espesor total.

Vaya.

—Se espera un dolor de cabeza sordo —continuó—, y es posible que no disminuya por un tiempo, incluso durante semanas. Es muy común que los dolores de cabeza persistan después de una lesión por rayo. A fin de cuentas, tuvo mucha suerte.

Un rayo.

No sé por qué me sorprendió oírla decirlo.

Hubo un momento de silencio.

—Doctor Overton —dijo, su tono diferente esta vez—. ¿Recuerda cuando le cayó el rayo? Parecía sorprendido cuando dije eso hace un momento.

—Lo recuerdo —comencé tratando de recordar—. Recuerdo la cara de Tully... y la vista del cielo. Nada más.

Él presionó mi mano contra su mejilla.

—Me dijiste que corriera —dijo.

Traté de recordar más, pero no pude.

—Estábamos en la isla —murmuré—. Después estaba aquí. Me gustaría quitarme este vendaje ahora. —Tiré de nuevo de la gasa y nadie me detuvo. Quería ver cómo se veía aquí.

Necesitaba ver a Tully.

—Permítame —dijo la doctora Jillick, y luego me

quitó el vendaje de la cabeza—. Mantenga sus ojos cerrados. Y no se alarme si su visión no es normal. Es posible que deba ajustarse.

Mantuve los ojos cerrados.

—Las luces están bajas; las cosas pueden parecer oscuras. Ábralos, suave y despacio —dijo la doctora Jillick.

Hice como ella dijo. Mis párpados se sentían pesados y ahora me daba cuenta de que sí, mis ojos también me dolían.

Estaba en una cama, había cortinas blancas que separaban los habitáculos. Una mujer con cabello oscuro y un estetoscopio estaba junto a la cama, observándome, y la Sra. Larson estaba a mis pies con lágrimas en los ojos. Pero allí, sosteniendo mi mano, estaba Tully. Parecía cansado y esperanzado.

Hermoso.

—Hola —susurré.

Se echó a llorar y se puso de pie, tirando de mí para darme un incómodo abrazo, mi cara contra su cuello. Su olor familiar y su calidez hicieron que mi cabeza diera vueltas y mi corazón se sintiera demasiado lleno y nervioso.

—Está bien, ya ha tenido suficientes emociones por un día —dijo la doctora Jillick, instando a Tully a que retrocediera antes de presionar botones en una de las máquinas a mi lado. Al menos el pitido se detuvo.

Tully puso su mano en mi cara y me besó suavemente. Escaneó mis ojos, buscando algo.

—¿Siguen siendo azules? —pregunté.

Él sonrió.

—El azul más azul.

Entonces Ellis y el señor Larson atravesaron la cortina, sorprendidos pero felices de verme.

—Rayo McQueen —dijo Ellis—. Estás despierto.

El señor Larson le dio un codazo.

—Está bien, esto es demasiada gente —dijo la doctora Jillick, mirando su reloj—. Tienen dos minutos, luego tienen que salir. Incluso el marido, lo siento. —Hizo una inclinación de cabeza a Tully—. Esta es la UCI de cardiopatías. Se aplican horarios de visita no estándar.

—Hasta el marido, Tully —repitió Ellis con su habitual sonrisa.

La señora Larson le dirigió una mirada que lo hizo callar. Incluso el señor Larson hizo una mueca.

Pero algo más…

—¿UCI de cardiopatías? —pregunté.

Fue entonces cuando me di cuenta de que tenía el pecho lleno de almohadillas adhesivas y cables.

¿Por qué mi cerebro estaba tan lento?

La doctora Jillick encontró mi mirada, su rostro estoico no revelaba nada.

—Su corazón se detuvo. Llevaba un reloj con monitor cardíaco y una correa para el pecho. No tenemos los números de la correa del pecho, pero esos relojes nos dan todo tipo de información. Su ritmo cardíaco pasó de ochenta, a ciento cuarenta y después a cero. Es difícil saber si fue el rayo lo que hizo que su reloj se detuviera o su corazón, pero por la información dada por su esposo y el punto de entrada en sus costillas, es probable. —Entonces miró a Tully—. Su dolor es el resultado directo de la entrada eléctrica y el impacto en su corazón, no de ningún intento de compresión.

Mi corazón se detuvo.

Mi corazón.

¿Compresiones?

Miré a Tully.

—¿Tú...?

Él asintió y medio se encogió de hombros.

—Yo no lo llamaría compresiones. Fue más como que te golpeé el pecho un par de veces porque no estabas respirando... —Negó con la cabeza, con lágrimas en los ojos—. Lo siento si te hice daño.

La doctora Jillick negó con la cabeza.

—Puedo asegurar, señor Larson, que no fue su actuación.

Tully asintió y su barbilla tembló. No parecía convencido.

Le puse la mano en la cara.

—Tuvo mucha suerte de que su esposo estuviera con usted —agregó la doctora Jillick.

Le sonreí a Tully, su cara en mi palma.

—Mi esposo.

—Está bien, tenemos que irnos —dijo la Sra. Larson alegremente. Cambiando de tema, probablemente—. Tully, Ellis te esperará en el coche. Y Jeremiah, volveremos por la mañana. Descansa, cariño.

Me las arreglé para sonreír y asentir cuando se marcharon (el señor Larson sacó a Ellis antes de que pudiera hablar) y la doctora Jillick le dirigió a Tully una mirada severa.

—Un minuto.

Tully me besó la palma de la mano y, cuando estuvimos solos, me miró a los ojos.

—Ella repite "un minuto" mucho. —Parecía tan cansado, como si hubiera tenido el peor día—. Jem, sobre lo del marido —susurró.

—Tu madre me lo dijo.

—No te enfades ni te asustes —agregó—. Es más rápido y fácil.

Dejé caer mi mano y palmeé la cama.

—¿Puedes sentarte aquí?

Se sentó en el borde de la cama.

—¿Estás bien?

Estaba tan cansado y casi sin aliento.

—Acuéstate conmigo.

No necesitaba que se lo dijera dos veces. Se acurrucó en el borde de mi cama, medio acostado sobre mí, con la cabeza en el hueco de mi cuello.

Si me quedaba un minuto con él, así era exactamente como quería pasarlo.

No hablamos; todo lo que necesitaba ser dicho podía esperar. Simplemente nos quedamos allí, su cuerpo, su calor, todo lo que necesitaba en ese momento.

Hacía todo mejor.

Hasta que la doctora Jillick descorrió la cortina, nos miró y suspiró. Le dio a Tully un movimiento de cabeza que decía que era hora de irse.

Él gimió, pero se levantó. Besó mi frente, luego mis labios. Justo en frente de ella, y ni siquiera me importaba.

—Duerme un poco. Volveré a la hora del desayuno.

La doctora Jillick dijo:

—El horario de visita es…

—Volveré a la hora del desayuno. —Besó el costado de mi cabeza—. Te amo. —Luego se detuvo por un segundo, mirándome a los ojos antes de alejarse. Me dio una inclinación de cabeza con tanta tristeza en su rostro, luego desapareció detrás de la cortina.

La doctora Jillick me habló sobre probar una cena ligera y cómo mañana, si mi ECG continuaba mejorando, tal vez me trasladarían a otra sala.

Pero no podía quitarme de la cabeza la mirada en el rostro de Tully. ¿Estaba triste porque tenía que irse?

Probablemente.

Pero parecía más que eso.

—¿Doctor Overton?

—No sé si tengo mucha hambre —dije. El olor de la comida que se servía a otros pacientes era horrible y tenía problemas para mantener los ojos abiertos.

—Bueno, si le trasladamos a otra sala, su esposo podrá quedarse.

Mi esposo.

Mi corazón se aceleró ante la palabra, y de repente estaba completamente exhausto.

—Entonces tal vez podría intentar comer algo. —Mis palabras sonaron confusas, sentí mariposas en el pecho y estaba muy mareado. Estaba teniendo problemas para mantener la cabeza en alto.

—Jeremiah mírame —dijo la doctora Jillick. Parecía preocupada. Y lejana.

Traté de concentrarme, pero la agitación en mi pecho me robó el aliento.

Entonces todo se oscureció.

CAPÍTULO DIEZ

TULLY

Casi no contesto el teléfono.

Nadie responde a números desconocidos, y por un momento consideré no contestar, pero era un teléfono fijo local.

Llevaba en casa unos treinta minutos. Estaba en la cocina y Ellis insistía en que comiera algo antes de acostarme. Había sido un día terrible y realmente no tenía ganas de hablar con nadie.

Casi esperaba que fuera un reportero de noticias y no iba a responder. Entonces pensé que tal vez decirle a alguien que se fuera a la mierda parecía una buena idea.

—Señor Larson —dijo una voz—. Soy la doctora Jillick.

Mis rodillas se doblaron y la habitación se inclinó.

—Quiero asegurarle que su esposo está estable, pero creemos que ha sufrido un episodio de arritmia ventricular tardía. Le van a hacer una resonancia magnética del corazón...

La habitación comenzó a dar vueltas y no pude escuchar qué más dijo.

—¿Señor Larson?

—Voy a volver —dije buscando mis llaves.

—Le pediría que no lo hiciera, señor Larson —respondió ella—. La UCI no acepta visitas en este momento. Está recibiendo la mejor atención posible.

—Eso es genial —dije rotundamente—. Pero voy a volver. Me sentaré en el pasillo si es necesario.

Me sentaría en el maldito aparcamiento para lo que me importaba.

Todavía no podía encontrar mis llaves.

Desconecté la llamada y estaba tratando muy intensamente de no perder la cabeza.

—¿Dónde están mis malditas llaves?

Ellis las levantó, y por una fracción de segundo pensé que iba a decir que no…

Pero no lo hizo.

—Yo te llevaré.

No estaba bromeando cuando dije que me sentaría en el pasillo.

No me permitieron entrar a verlo, lo cual no fue una gran sorpresa. Ni siquiera estaba enfadado. Me tomó cada centímetro de control que tenía para no llorar.

Pero en el pasillo, me senté.

Y ahí estaba yo cuando llegó mi madre poco después de las seis de la mañana. Debí haberme quedado dormido porque me sobresalté cuando se sentó a mi lado.

—Oh, Tully —susurró ella—. Ellis nos llamó.

Asentí, tratando de pensar con claridad. Me pasé la mano por la cara.

—No sé cómo está. No se me permite entrar para verlo.

Me frotó la espalda.

—Parecía estar bien cuando lo dejamos ayer —susurró.

Asentí.

—Lo sé. Síntomas tardíos, reacciones tardías. No sé. Es común con las lesiones por rayos. —Me encogí de hombros—. La doctora dijo que tuvo un episodio ventricular o algo así. Debe haber sido justo después de que me fuera. Estaba cansado. Debería haber prestado atención. No debería haberme ido.

—Cariño no tuviste elección.

Parpadeé para contener las lágrimas y me ardía la nariz.

—Él necesita estar bien.

Ella asintió, luchando contra sus propias lágrimas.

—Lo estará.

Suspiré, mi cabeza cayendo en mis manos.

—Ha estudiado los rayos toda su vida. Y ya sabes, para nada le asustan. Podría encontrarse con una tormenta y un rayo podría destrozar el cielo justo sobre su cabeza y ni siquiera se inmutaría. Y sabe cuándo caerá un rayo, mamá. Le produce un sabor extraño en la boca. Es algo que les pasa a algunas personas que han sido alcanzadas... —Dejé escapar una risa llorosa—.

Sabes, en la isla, me dijo que corriera. No se preocupó por sí mismo. No tiene habilidades de autoconservación. Quiero decir, ninguna. Y después del ciclón Hazer, cuando salvó a esas dos niñas, le hice prometerme que tenía que empezar a pensar en mí, y que no podía simplemente salir a una maldita tormenta como esa.

Negué con la cabeza, ni siquiera seguro de qué o con quién me estaba enfadando.

—Me dijo que corriera. Así que al menos estaba pensando en mí, supongo.

Mamá no dijo nada, solo escuchó y me dejó desahogarme. No tenía mucho sentido, pero maldito fuera.

—Le digo que lo amo todo el tiempo —dije—. Pero nunca me lo ha dicho. Hago bromas al respecto y trato de que no me moleste, pero… —Me encogí de hombros —. Se lo dije anoche, antes de irme. Le dije: "Te amo", y él… él no dijo nada.

—Él no estaba muy bien anoche —dijo mamá—. Claramente no se sentía bien. No creo que eso sea algo para basarse.

Tal vez no.

Pero aún… No podía dejar de pensar en ello.

—Él creció tan diferente a mí. Toda su vida fue… cambió el día que murió su madre. Y eso es comprensible. La vida de cualquiera lo haría. Lo entiendo. Pero su madre murió tan públicamente. Se le recuerda cada dos días y lo sigue a todas partes, especialmente en su trabajo. Y sabes que, si los medios descubren que fue alcanzado por un rayo, Dios mío, tendrán un día de fiesta.

—Entonces no dejaremos que se enteren. Lo protegeremos.

Asentí lentamente.

Ella tomó mi mano.

—¿Crees que él no te ama?

Entonces no pude contener las lágrimas, y traté de limpiarme la mejilla, pero parecía inútil.

—Creo que me ama. Bromeo sobre eso porque ¿qué más puedo hacer? Y sé que no es bueno para decirlo. Hablar de sus sentimientos nunca estuvo realmente permitido cuando estaba creciendo. No puede decir cosas en voz alta, y trato de que no me moleste, pero…
—Maldito infierno—. Supongo que sí.

—Oh, Tully —susurró mamá—. Ese hombre te dice que te ama cada vez que te mira. Simplemente no estás escuchando su idioma.

No estaba seguro de haberlo entendido.

—¿Qué?

—La forma en que te mira —dijo con una sonrisa amable—. Es posible que no pueda decir las palabras, pero la forma en que te mira… sólo grita cuánto te ama. Necesitas escuchar de otras maneras. Escucha su lenguaje de amor, Tully. Está todo bien. La forma en que te mira cuando no lo estás mirando. La forma en que sonríe cuando te ríes. Si pudieras ver eso… Tully, lo tiene escrito en toda la cara.

Lo sabía.

No era estúpido, y no estaba ciego.

Veía la forma en que me sonreía, la forma en que me miraba. Podía contar todas las pequeñas cosas que hacía por mí, la forma en que me cuidaba. La forma en que me tocaba…

Suspiré y me restregué las manos por la cara de nuevo. Estaba cansado, estresado y asustado.

—Ignórame —murmuré—. Estoy siendo estúpido.

Ella palmeó mi mano.

—No eres estúpido, amor.

—No es su culpa. No lo culpo. —La miré entonces—. Sería bueno escucharlo una vez, ¿sabes?

Ella me sonrió con tristeza.

—Lo sé.

Me tomó un segundo darme cuenta de que faltaba alguien.

—¿Dónde está papá?

—Tuvo que salir al trabajo para comprobar que todo estuviera bien. Los ingenieros volverán mañana, y sabes que ha estado esperando. Estará aquí cuando pueda.

Ah, trabajo. No había pensado en el trabajo.

—Sí. Me parece bien.

—¿Cuándo llega aquí el padre de Jeremiah?

—Mañana por la tarde a las tres. Él aún no lo sabe. Jeremiah no lo sabe. No se lo dije todavía.

—Estoy segura de que estará agradecido. Ambos lo estarán.

No estaba seguro de eso.

—Tengo muchas ganas de verlo, mamá. ¿Cuándo podré entrar a verlo?

Miró su reloj.

—Son casi las siete.

Las puertas dobles se abrieron y me sorprendió ver

quién entró. Rowan y Zoe. Se detuvieron cuando me vieron, sus ojos se dirigieron a mamá.

—¿Está…? —preguntó Rowan.

—Todavía no nos han permitido entrar —respondió mamá—. Todo lo que sabemos es que está estable. —Me apretó cariñosamente la rodilla—. Y que está en buenas manos.

Debo haber lucido como un desastre porque Rowan caminó hacia mí, me puso de pie y me abrazó. Fuerte y cálido, palmeó mi espalda. Entonces Zoe también me dio un abrazo rápido.

Me hizo llorar de nuevo.

—Ellis nos llamó —dijo ella con los ojos llenos de preocupación.

Asentí justo cuando salía un médico. No lo había visto antes.

—¿Señor Larson?

Me volví, mi estómago estaba hecho un nudo, mi corazón latía al punto del dolor.

—Sí.

Sonrió, observando todos los rostros expectantes que lo miraban.

—¿Hablo con todos, o…?

—Sí, por favor. —Dudaba que escuchara o entendiera nada de lo que dijera.

Asintió como si lo supusiera.

—Anoche, su ECG reveló una taquicardia compleja de ancho irregular con una variable…

—En el idioma de los simples mortales, doctor —le dije—. Por favor.

Él sonrió de nuevo.

—Anoche, los latidos de su corazón se volvieron tan rápidos e irregulares que le hicieron perder el conocimiento. Una reacción retardada a la descarga eléctrica, más que probable. Fue tratado con desfibrilación.

Oh, maldito infierno.

—¿Tuvieron que practicarle descargas para que volviera a la vida?

De repente me sentí débil. Casi con ganas de vomitar.

Mi madre apretó su agarre sobre mí.

El médico asintió.

—Tuvo suerte de que la doctora estuviera con él cuando sucedió. Su ritmo cardíaco ahora está de vuelta en el rango normal, aunque está débil y podemos esperar que esté cansado y aletargado por algún tiempo.

—Pero él estará bien. —Quería que me lo afirmara.

—Su corazón ha sufrido algunos daños musculares —dijo—. Su recuperación será lenta, y dudo en decir que se recuperará por completo, porque la verdad es que el alcance total de las lesiones por rayos no suele conocerse durante semanas o, en algunos casos, años.

—¿Qué quiere decir con daño muscular? —pregunté—. Todo el corazón es músculo, entonces, ¿qué significa eso?

—La resonancia magnética también mostró signos de miocardiopatía de Takotsubo. Muy probablemente provocada por la taquicardia y la desfibrilación. Eso no es inaudito.

Miocardiopatía de Tako...

Había oído hablar de la parte de cardio, pero no sabía lo que significaba.

—Eso de… Takesumo-algo. ¿Qué significa?

—Es una afección cardíaca, provocada por un estrés extremadamente repentino, donde el ventrículo inferior izquierdo del corazón cambia de forma y se agranda. —Negó con la cabeza—. Honestamente, no podemos decir exactamente qué provocó esto. Incluso podría haber sido por el episodio de taquicardia además de los treinta millones de voltios que le descargó el rayo. Por las marcas en su pecho, parece que lo golpeó en el lado izquierdo de las costillas, directamente cerca del corazón. Tiene mucha suerte de estar vivo.

—Lo siento, doctor —le dije, todavía tratando de entender algo de lo que acababa de decir—. ¿Es malo? El tako… cómo sea. ¿Eso es diferente a la taquicardia? —Estaba tan confundido.

Asintió.

—Sí. Dos condiciones diferentes. La taquicardia, el latido irregular del corazón, se ha corregido, por ahora. La miocardiopatía de Takotsubo, el ventrículo agrandado, es una afección temporal y debería curarse en unos pocos meses. No es probable que requiera cirugía. Se le han administrado medicamentos, pero con un estilo de vida saludable y un descanso adecuado, es completamente manejable.

—Eso es bueno, ¿verdad? —pregunté.

El médico asintió.

—Todas las cosas consideradas, sí. —Nos miró a todos por turno, su mirada volvió a mí—. Su ritmo cardíaco es regular, pero…

Pero también estaba bien anoche, pensé.

—Está muy débil y cansado. Necesitará reposo absoluto.

—¿Y su recuperación? —preguntó mamá—. ¿Necesitamos un plan de recuperación? ¿Qué hacemos ahora?

El médico hizo una pausa y su mirada se encontró con la de mamá con una sonrisa. Como si apreciara que uno de nosotros se mantuviera al día.

—Habrá un plan de recuperación, sí. En cuanto a la recuperación completa… No podemos responder a eso de un modo definitivo. Las personas que sobreviven a las lesiones por rayos pueden sufrir efectos secundarios durante semanas o incluso años después. Algunos nunca se recuperan por completo.

—Lo sé. Él lo sabe —añadí—. No es la primera vez que lo alcanza un rayo.

El médico me miró fijamente.

Mierda.

—Tenía dos años. No fue reciente. Él… estudia los rayos. Es fulminólogo. Un meteorólogo. Está doctorado… —Sentí cada segundo del sueño que me había perdido—. ¿Puedo verlo? ¿Por favor? Realmente necesito verlo.

Hizo que una enfermera me guiara a través de la UCI muy silenciosa y horrible. El médico se quedó atrás para hablar con mi familia, sin duda preguntando todo sobre lo que acababa de decir. Y podían contarle todo: sobre la madre de Jeremiah, sobre él siendo el meteorólogo que salvó vidas durante el ciclón Hazer, sobre cómo se volvió viral por casi ser alcanzado por un rayo cuando salvó a Casey y Presley, sobre todo eso, no me importaba...

Solo necesitaba verlo.

Estaba recostado en una ligera inclinación, con los ojos cerrados. Ahora había más máquinas. Pero las mantas solo le llegaban a la cintura, sin camiseta y con parches blancos pegados por todo el pecho.

Pero, joder. . .

Su pecho y su cuello estaban cubiertos por un patrón parecido a una vena roja sobre el que había leído pero que nunca había visto. Parecía un rayo, pero en su piel.

Figuras de Lichtenburg.

Extendiéndose desde su lado izquierdo, se arrastraban hacia fuera, como macabros capilares. Como si un rayo se hubiera tatuado en su piel.

Era un fenómeno común en las lesiones por rayos, y sabía que no eran dolorosas, pero eran una prueba muy evidente de que el rayo lo había tocado. Lo que le había hecho a su sistema circulatorio. Lo que le había hecho a su corazón.

Prueba de lo cerca que había estado de morir.

Tomé su mano y él abrió lentamente los ojos. Me vio, parpadeó lentamente y sus labios se estiraron en una sonrisa.

—Hola.

Me ardía la nariz y mis ojos se llenaron de lágrimas.

—Hola. Tienes que dejar de intentar morir conmigo, ¿de acuerdo?

Sonrió un poco más.

—Lo intentaré.

—¿Cómo te sientes?

—Mejor ahora. El corazón no está tan agitado —dijo —. Buenas drogas.

Me reí a pesar de mis lágrimas. Parecía un poco somnoliento.

—Tenemos que cuidar tu corazón, ¿me oyes?

Parpadeó lentamente de nuevo, su mirada fija en la mía.

—Sí.

—Tienes algunas figuras de Lichtenburg bastante geniales en todo tu pecho.

—¿Sí?

Saqué mi teléfono y tomé algunas fotos rápidas, luego levanté la pantalla para que pudiera verlas.

—Bueno, mierda —dijo.

Me reí porque no era propio de él decir palabrotas. Besé el costado de su cabeza.

—Vas a tener una gran cantidad de datos para estudiar después de esto. Hicieron análisis de sangre y escáneres cerebrales y todo tipo de pruebas.

No respondió a eso, y cuando estudié un poco su rostro, sus ojos estaban fijos en los míos. Casi como si me estuviera viendo por primera vez.

—¿Estás bien, cariño? —pregunté.

Volvió a sonreír, lento y aturdido.

—Te amo —murmuró.

Mi corazón latió con fuerza y mi pulso se aceleró en mis venas. *Las dijo… Acaba de decir las palabras. Dijo que me amaba.*

Estaba drogado, fíjate. Con las medicinas que le

habían dado. Pero había dicho esas dos palabras que me moría por escuchar.

Solté una carcajada y me sequé una lágrima de la mejilla.

—Yo también te amo.

Lentamente levantó su mano a mi cara, sus ojos me escanearon como si estuviera tratando de memorizarla.

—Es cierto. Siempre ha sido cierto.

Asentí, sosteniendo su palma en mi mejilla.

—Lo sé. Pero gracias por decirlo.

—Debería haberlo dicho antes de ahora. —Se estaba cansando de nuevo, sus parpadeos cada vez más largos—. Ya no tengo miedo. Necesito que lo sepas.

Lloré en su mano, asintiendo y besé su palma.

—Lo sé, Jem. Lo sé. Pero debo decir que es muy agradable escucharlo.

Sonrió y cerró los ojos.

—Estoy muy cansado.

—Descansa, nene. —Besé su frente—. Estaré justo aquí.

—Justo aquí —murmuró.

Aparté el cabello de su frente mientras dormía, observando su hermoso rostro.

Ni siquiera me di cuenta de que el doctor estaba de pie al lado de la cama. Me asustó un poco.

—Está dormido —dije como si él mismo no pudiera verlo.

—Estará muy cansado por un tiempo —dijo.

—Pero él estará bien, ¿verdad?

La expresión del médico no delató nada.

—Es joven y muy saludable. No debería haber

sobrevivido. El hecho de que haya llegado tan lejos… sus probabilidades son buenas. Pueden presentarse otras dificultades, pero por ahora, está estable. Tal vez deberías ir a desayunar. Las enfermeras me han dicho que has estado en el pasillo toda la noche.

—Después puedo volver directamente, ¿verdad?

Él asintió. Incluso sonrió.

—Claro.

Seguí al médico de regreso al pasillo donde estaba toda mi familia. Papá y Ellis habían llegado ya. Todos sus ojos se posaron en mí, esperando algún tipo de noticia.

—Yo hablé con él. Dijo que se siente mejor y que las drogas eran buenas, y dijo una palabrota —dije con una sonrisa llorosa. Traté de controlarme, pero al ver la preocupación en sus rostros, todo lo que tuve fueron más lágrimas—. Dios, realmente me gustaría dejar de llorar.

Mamá me dio un abrazo, y luego Ellis se unió a nosotros, y susurró divertidamente:

—¿Qué tipo de drogas? —Le di un codazo, pero sabía que estaba bromeando—. Vamos —dijo Ellis, su brazo alrededor de mi hombro—. Necesitas comida. ¿Dormiste algo?

—No creo.

—Entonces desayunaremos todos —dijo—. Como el maldito desayuno de los Brady.

Y lo hicimos. Nosotros seis.

No podía recordar la última vez que los seis nos sentamos alrededor de una mesa y desayunamos juntos. No desde que era un niño.

Pero fue muy agradable.

Mis hermanos y yo no siempre estábamos de acuerdo, pero dejando de lado todas nuestras diferencias, sabía que me amaban y a Jeremiah. Ellos también lo amaban.

Me animó, me dio fuerzas para pasar los siguientes días. Sabía que serían duros. Aún más duros para Jeremiah.

Me las arreglé para comer algo y me atraganté con un terrible café de la cafetería, pero necesitaba volver con él. Todos me abrazaron y esperaron hasta que fui yo quien se fue.

Y maldita sea, caminar de regreso a esa horrible UCI fue aterrador.

Todas esas máquinas y el terrible olor a enfermedad y mortalidad… Me alegré cuando la enfermera de Jeremiah corrió la cortina, bloqueando todo.

Solo él y yo.

Me senté al lado de su cama y tomé su mano.

Tenía los ojos cerrados, parecía tranquilo. Los cables y las almohadillas adhesivas pegadas en todo el pecho eran un recordatorio de que su tranquilidad se inducía químicamente. Los patrones mórbidos en su piel pálida eran fascinantes, hermosos y terribles.

Su pulgar acarició mi dedo, y levanté la vista para encontrarlo observándome.

—¿Estás siendo un pervertido conmigo? —pregunté.

Él sonrió.

—Sí.

—Genial. —Me puse de pie y besé su frente—. Te extrañé.

Soltó una risa tranquila.

—También te extrañé.

Volví a sentarme, su mano entre las mías.

—Todos en mi familia dijeron que te envían saludos y que te aman, y que quieren que descanses y te mejores.

Me miró.

—Todos ellos —agregué—. Estaban todos aquí. Incluso Rowan y Zoe. Vinieron por ti.

Sacudió ligeramente la cabeza.

—Vinieron por ti.

—Vinieron por ti, Jem. Mamá ha estado aquí casi tanto como yo. Papá tenía algunas cosas de las que ocuparse en el trabajo, pero regresó inmediatamente. Ellis ha estado rondando, manteniendo a todos al tanto, y ha sido un pilar fundamental. Bueno, tanto como un gilipollas puede ser un buen pilar.

Jeremiah resopló en voz baja.

—Ellos te aman —dije—. Como yo te amo.

Sus dedos apretaron los míos.

—Como yo te amo —susurró.

Encontré su mirada, y él encontró la mía de vuelta. Sin mirar hacia otro lado, sin sonrojarse, sin poner los ojos en blanco.

—No sé por qué tenía tanto miedo de decirlo —murmuró—. Pensé que era tonto e innecesario. Me equivocaba.

Besé sus nudillos, luego me puse de pie y besé su mejilla, su ceja, su nariz, sus labios.

—Debería habértelo dicho todos los días —susurró.

—Puedes. Empezando hoy. Inventaré otra tabla

gráfica y podemos agregar estrellas doradas cada vez que lo digas.

Sonrió por un momento; luego se desvaneció su sonrisa. Sus ojos se llenaron de tristeza y arrepentimiento.

—Pensé que iba a morir —susurró—. Y que estuvieras aquí me mantuvo aquí, estoy seguro de ello. Me mantuvo atado aquí. Sabiendo que estabas aquí. Sabiendo que me amabas. —Negó con la cabeza, con los ojos llenos de lágrimas—. Tenía que decírtelo. Necesitabas escucharlo, y lamento haber sido un idiota todo este tiempo.

Me tragué mis lágrimas.

—Estoy tratando de no llorar hoy más y tú no estás ayudando. —Me senté en su cama y traté de darle un abrazo, pero fue incómodo, así que puse mi cabeza sobre su pecho—. Quiero escuchar tu corazón —murmuré—. Quiero escucharlo fuerte y para siempre.

Su mano encontró mi cabello, y sus parpadeos ya se estaban volviendo más lentos.

—Casi te mueres —dije—. Dos veces. Tuvieron que usar el desfibrilador contigo, como lo hacen en las películas.

Sus dedos se detuvieron en mi pelo.

—No lo recuerdo…

—Probablemente es mejor. —Escuché el latido de su corazón, el sonido más preciado—. Me alegro de no haberlo visto. No creo que hubiera sobrevivido.

—Lo siento —susurró, una lágrima rodando por su sien.

Se la limpié.

—Pero ahora estás bien. El médico dijo que los latidos de tu corazón volvieron a la normalidad y solo tenemos que vigilarlo y tener cuidado, y probablemente necesitarás medicamentos por un tiempo, y si eso es lo que tenemos que hacer para siempre, que así sea.

Asintió.

—Y estaba pensando que podemos conseguirte un nuevo reloj y sincronizarlo de alguna manera con mi teléfono también, para que yo también reciba tus alertas de frecuencia cardíaca. No sé si alguien lo ha inventado ya. O tal vez puedas usar una correa para el pecho todos los días y obtendré las lecturas en mi teléfono. Eso podría ser mejor.

Se rio suavemente.

—Suena bien.

Suspiré, poniendo mi cabeza en su pecho de nuevo, escuchando.

—Puedo ver directamente tu nariz.

Entonces rio, y me senté, tomando su mano de nuevo.

—Extrañé tu sonrisa —murmuré—. Y tus ojos. Y todo sobre ti. Estaba realmente asustado, y estoy más agradecido de lo que las palabras pueden decir de que todavía estés aquí.

—Yo también. —Sus párpados medio cerrados—. Estoy cansado, Tully. Estoy tan cansado.

Puse mi mano en su mejilla y le di la mejor sonrisa que pude manejar.

—El doctor dijo que lo estarías, y que es normal, y que deberías descansar y dormir mucho. Así que no luches contra eso. Estaré justo aquí. Todo el día. Hasta que me echen.

Sonrió mientras sus ojos se cerraban.

—Justo aquí —murmuró mientras se quedaba dormido.

Así que me senté allí, mirándolo dormir, mirando las máquinas como si tuviera alguna idea de lo que hacían. Pero observé esas pequeñas líneas del corazón como si significaran el mundo para mí.

Porque lo significaban.

Eran constantes y consistentes, emitiendo el sonido de pitido más dulce del mundo.

Las observé y lo observé a él.

Hasta que aproximadamente una hora después, sus ojos se abrieron de nuevo y sonrió.

—Todavía aquí —dijo.

—Tal como lo prometí. —Tenía sed, así que le di un trago de agua y lo ayudé a sorber a través de la pajita. Parecía un poco más brillante, así que tomé su mano y besé sus nudillos—. Olvidé decirte algo.

—Ah, ¿qué olvidaste decirme? ¿Qué me amas o que puedes ver directamente mi nariz?

Me reí.

—Bueno, ambos todavía se aplican, obviamente. Pero llamé a tu padre.

Parecía sorprendido por esto.

—¿Lo llamaste?

—Por supuesto. Y viene a verte. Estará aquí mañana.

CAPÍTULO ONCE
JEREMIAH

Venía mi padre.

Mi padre venía aquí a verme.

Tully lo había llamado, y lo entendía. Pero también había insistido en que mi padre volara a Darwin lo antes posible. Tully había arreglado y pagado el billete sin dudarlo. No me gustó el hecho de que lo hubiera pagado, pero era algo muy propio de él.

Ambos sabíamos que no había manera de que mi padre pudiera pagarlo solo, y tendría que tomarse días libres del trabajo, lo que nunca le gustaba hacer.

Sin embargo, había accedido a venir.

Quizá porque Tully se lo había pedido y no yo.

No es que alguna vez se lo hubiera pedido. No quería molestarlo…

Intenté no pensar en ello.

No llegaría hasta mañana por la tarde, así que tenía unas buenas veinticuatro horas para acostumbrarme a la idea. Veinticuatro horas para descansar y recuperar fuerzas.

Me sentía tan débil y cansado. Era desconcertante cómo el simple hecho de acostarse en la cama y respirar podía ser agotador.

Los médicos iban y venían, contándome todo lo que me estaban haciendo y lo que tendrían que hacerme en las siguientes cuarenta y ocho horas. Estaría conectado a estas máquinas durante dos días, luego tal vez podría trasladarme a otra habitación.

Tully estaba sentado a mi lado, escuchando y asintiendo. Me tomó la mano y me sonrió, un faro de tranquilidad en un momento oscuro y aterrador.

Y yo *estaba* asustado.

Asustado por lo que esto significaba, para mí, para él, para nosotros. Por mi trabajo, por todo.

Sin embargo, Tully nunca se dio por vencido, nunca vaciló, tampoco se acobardó.

Había dicho que había tenido suficiente miedo el primer día, había llorado un río de lágrimas. Ahora era todo positividad y brillo.

Se sentó en mi cama y me dio de comer pequeños triángulos de sándwiches. Dijo que eran "amigables para las coronarias", y su nariz se arrugó como si el tomate y el pepino en harina integral sonaran atroces, pero eran la comida más dulce y deliciosa que jamás había comido.

Lo echaron por unas horas, pero dormí todo el tiempo que estuvo fuera, y solo me desperté cuando volvió. Esta vez estaba con Ellis, y Ellis me miró y se detuvo.

—Mierda, eso es genial —susurró Ellis. Estaba

mirando mi pecho y me moví para levantar la sábana—. Lo siento, amigo, pero ¿te has visto a ti mismo?

—Déjalo en paz —dijo Tully mientras me arreglaba la sábana—. Sí, se lo he mostrado.

Ellis lo ignoró, sacó su teléfono e invirtió la cámara para que pudiera verme. Mi pecho. Las figuras de Lichtenburg. El rayo rojo trazando un mapa de las venas y arterias debajo de la piel.

—¿Duele? —preguntó.

Negué con la cabeza.

—No.

Traté de sentarme y Tully me ayudó a acomodarme sobre la cama. Me hizo más fácil mirarme a mí mismo. Las marcas se concentraban en mi lado izquierdo, extendiéndose como un rayo rojo a través de mi torso y cuello.

—Siempre pensé que eran geniales —dijo Tully—. Hasta que las vi en ti. —Se estremeció—. No me gusta el recordatorio. Tal vez mire algunas fotos en unos años y piense que son geniales, pero ahora no.

Lo miré. Habría pensado que le encantaría verlas (después de todo, eran un fenómeno raro), pero en realidad no le gustaban. Alcancé su mano.

—Se desvanecerán. Aparentemente.

—Bueno, creo que son geniales —dijo Ellis. Me parecía que había tomado algunas fotos—. Pareces uno de esos coches increíbles con las llamas en el costado.

Resoplé, pero Tully gruñó y lo ignoró. Besó el costado de mi cabeza.

—¿Dormiste bien?

—Mmm.

—La enfermera dijo que lo hiciste bien.

—Si dormir puede ser considerado un logro.

Ellis soltó una carcajada y luego se acordó de mantener el ruido bajo.

—Mejor me voy. Mamá dijo que vendría a verte esta tarde. —Él palmeó suavemente mi pierna—. Es bueno ver que te va bien, Jem. Ya tienes un poco de color. —Y luego se inclinó y susurró—: Y no lo escuches. Las llamas de máquina peligrosa son jodidamente geniales.

Tully buscó algo para lanzárselo a su hermano. Pude ver que estaba considerando la taza de beber de la bandeja, y creo que Ellis también lo vio, porque sonrió y se despidió con la mano mientras desaparecía por la cortina.

Le sonreí a Tully.

—Al menos no me llamó Rayo McQueen.

Puso los ojos en blanco y suspiró.

—Sí, mira, sobre eso. Creo que pidió que te entregaran globos. Intentó comprar flores, pero no están permitidas en esta sala. Algo relacionado con el polen, las alergias y las personas increíblemente enfermas. De todos modos, pidió globos, y por la estúpida sonrisa en su estúpido rostro cuando me lo dijo, creo que podemos suponer que estarán relacionados con Rayo McQueen. O pornografía. Realmente podría ir en cualquier dirección.

Me reí y él tomó mi rostro y besó mis labios.

—Puaj, mi aliento debe ser terrible —murmuré.

Claramente no le importaba.

—Así que, estuve investigando sobre dietas para un corazón sano y parece que vamos a comer mucho pescado a la parrilla y ensaladas. Lo cual está bien para mí. Pero también pensé en los ejercicios que podríamos hacer, y sé que solías nadar cuando estabas en Melbourne.

—Bueno, sí, pero…

—Porque la gente no puede hablar contigo mientras estás dando vueltas. Lo sé. Recuerdo. Pero estaba pensando que podríamos instalar una piscina de entrenamiento en casa, en la franja que da al océano.

—No.

—Mientras la hagamos a prueba de cocodrilos…

—No.

—Pero entonces podrías dar vueltas para hacer ejercicio y yo podría observarte, porque me gusta cuando estás mojado, no voy a mentir.

—Tully, no vas a poner una piscina para mí.

—Sería para mí también.

Mi enfermera se asomó por la cortina.

—Ah, bien —dije—. ¿Puedes decirle que instalar una piscina para que haga ejercicio, aunque es un gesto encantador y todo eso, es una ridícula pérdida de dinero?

Ella lo miró.

—No le doy importancia a la piscina, pero si vienes aquí y discutes con mi paciente, te haré un gesto encantador.

Tully hizo un puchero como un niño de cuatro años y yo sonreí.

—Yo gano.

La enfermera entró, revisó las máquinas, revisó mi bolsa de suero y puso su mano en mi brazo.

—¿Todo bien? ¿Necesitas que se vaya tu marido?

Le sonreí a Tully.

—No, él puede quedarse.

Tully seguía haciendo pucheros.

—Seré bueno.

Ella asintió y nos dejó solos, y Tully se sentó en su silla.

—La conversación sobre la piscina puede esperar hasta que lleguemos a casa.

Suspiré y le tendí la mano para que la tomara. Deslizó sus dedos entre los míos y apreté mi agarre en su mano.

—Te amo —susurré.

Se animó, su puchero ahora era esa sonrisa que me conquistó desde el primer día.

—Nunca me acostumbraré a que lo digas. Creo que tendrás que decirlo todos los días solo para estar seguro.

—Bueno.

Besó el dorso de mi mano.

—Estás cansado otra vez. Deberías cerrar los ojos. Estaré justo aquí.

Estaba cansado, eso era cierto.

—Sí. Pero tengo hambre —dije.

Tully se puso de pie.

—Entonces te traeré algo. Tu solo dilo.

Señalé mis labios.

Él sonrió y se inclinó, besándome.

—Y otro sándwich sería genial.

Besó mi frente.

—Tu deseo, mi orden.

Desapareció por la cortina y debí quedarme dormido otra vez, porque cuando abrí los ojos, estaba sentado junto a mi cama, con los brazos cruzados, la barbilla apoyada en el pecho, profundamente dormido.

Había un sándwich de pepino y tomate en mi bandeja y un pequeño zumo de manzana.

Y un enorme montón de globos en mi mesa auxiliar.

Rayo McQueen, por supuesto.

Después de comer y tomar otra siesta, me sentí mucho mejor. Me estaba volviendo más fuerte y capaz de permanecer despierto más tiempo a medida que avanzaba el día.

El señor y la señora Larson llamaron para saludarme y, después de que Tully me dio de cenar, lo llevaron a casa. Y cuando digo que me dio de cenar, me refiero a que se sentó en el borde de la cama y me dio de comer con una cuchara.

Ni siquiera estaba avergonzado o molesto.

Simplemente me hizo feliz.

Y jugar a la farsa de los maridos no me molestaba en absoluto.

De hecho, me estaba acostumbrando.

Incluso me gustaba.

Tal vez era un cliché, pero casi morir me hizo darme cuenta de lo que era importante. No quería perder más tiempo.

Más concretamente, no quería acortar mi tiempo. No es que alguna vez lo hubiera hecho deliberadamente, pero hubo ocasiones en las que fui imprudente o indiferente.

Esos días habían terminado.

No estaba seguro de lo que significaba para mi carrera. Siempre sería meteorólogo. Me encantaba lo que hacía. Amaba mi trabajo en la oficina y amaba la magnificencia de la Madre Naturaleza.

Pero en cuanto a mi búsqueda personal para estudiar los efectos de los rayos en el cuerpo humano…

Bueno, creo que había aprendido todo lo que necesitaba saber.

Había sido increíblemente afortunado de sobrevivir. Tully había estado allí para salvarme y, sin embargo, el toque del rayo y que yo casi muriera a causa de este, casi lo había matado a él también.

No físicamente. No había detenido su corazón como lo hizo con el mío, pero yo había roto el suyo. Le hice pasar un infierno.

Y si él quisiera sentarse al lado de mi cama y ser tierno dándome cucharadas de comida, entonces nunca me opondría.

Sin embargo, la instalación de una piscina seguía siendo un no rotundo.

Tenía que trazar una línea en alguna parte.

—¿Alguien se ve un poco más brillante esta noche? —dijo el doctor. Entró, sonriendo, revisando mi historial en su iPad.

—Me siento mucho mejor.

—La frecuencia cardíaca es buena —dijo—. ¿Sin mareos o dolor?

Negué con la cabeza.

—No.

—Bien.

—¿Cuánto tiempo estaré en esta sala?

—Haremos otra ecografía de tu corazón mañana, luego veremos si quizá te traigan de regreso a la sala de cardio, dependiendo de lo que encontremos. ¿Qué te parece?

—Bien.

—Estás un paso más cerca de irte a casa, ¿eh?

Asentí.

Casa. Dondequiera que estuviera Tully, era mi hogar.

—Realmente me gustaría.

—Hablé con tu pareja sobre la atención domiciliaria.

—Esposo —corregí automáticamente. Era mentira, pero me emocionaba decirlo.

Me sorprendió que el ECG no sonara.

—Lo siento, esposo —dijo el doctor tímidamente—. Dijo que la atención domiciliaria las veinticuatro horas es una opción.

Por supuesto que lo dijo.

—Si te lleva a casa más rápido —agregó.

Eso me hizo sonreír.

—Le expliqué que requeriría una máquina de ECG similar a esta y no tuvo objeciones.

Traté de no sonreír ampliamente.

—Por supuesto que no las tuvo.

Asintió lentamente, revisando el historial de nuevo.

—Le pregunté por qué estabas usando un monitor de correa para el pecho como el de un deportista.

Oh, no.

—Eh.

Se mordió el interior de su labio.

—Primero, se sonrojó y su hermano se rio. Así que solo podía suponer… —Me sonrió—. Luego me explicó que controlas tu frecuencia cardíaca durante las tormentas eléctricas y que ya antes has estado cerca de algunos rayos.

Inhalé profundamente y lo dejé salir con un suspiro.

—Lo hacía, sí. Pero creo que esos días han terminado.

—Dijo que habíais perseguido tormentas juntos.

—Él es un cazador de tormentas. Soy meteorólogo.

Asintió.

—Sí, quién emitió la alerta por el ciclón. Creaste bastante expectación, si mal no recuerdo.

Al menos no mencionó a mi madre, aunque si sabía quién era yo por el ciclón Hazer, era como si lo supiera de todos modos…

—Y salvaste a dos niñas de un rayo —agregó.

—Sí, bueno, creo que me quedaré a cubierto de ahora en adelante —dije—. Mis días de fulminología han terminado. Si fuera un gato, estaría en mi novena vida. —Inhalé profundamente y me di cuenta de que mis estudios habían terminado—. Después de mi última llamada de atención, Tully me dijo que necesitaba considerarlo en lugar de casi morir para salvar a otras personas. Creo que haré precisamente eso.

Él asintió lentamente.

—Bueno, como médico, me inclino a estar de acuerdo con él. No más rayos. Casi puedo garantizar que el próximo no será tan amable.

Consideré decirle que no me había puesto en peligro deliberadamente en nombre de la ciencia. No esta vez, de todos modos, pero ¿cuál era el punto? Ahora no había ninguna diferencia.

Al final, todo lo que pude hacer fue suspirar.

Revisó mis quemaduras, mis pequeñas heridas de salida en las plantas de mis pies. Según el médico, parecían quemaduras de cigarrillo. Como si alguien hubiera apagado cigarrillos en mi piel. La de mis costillas era muy parecida.

Fascinante que la entrada y salida de tantos voltios pudiera ser tan concentrada, tan pequeña.

Las figuras de Lichtenburg comenzaban a desvanecerse de mi cuello, aunque aún eran más oscuras en mis costillas.

Mis costillas me dolían más ahora, lo que probablemente era una buena señal de que el resto de mí había dejado de dolerme, que el dolor había desaparecido en su mayor parte. Mi corazón y mi pecho todavía estaban sensibles, y me ayudó a controlar mi respiración.

Pero el doctor estaba contento con mi progreso.

—Duerme un poco —dijo. Luego, antes de darse la vuelta para irse, asintió hacia los globos—. Alguien tiene sentido del humor.

Sonreí.

—Sí, mucho.

El sueño no fue fácil, tan cansado como estaba. Podría dormirme bastante bien, pero mi mente seguía regresando a mi anterior realización.

Mis días de fulminología habían terminado.

Todavía tenía mi trabajo, por supuesto. Y siempre

me encantaría la meteorología. Pero no podía arriesgarme a sufrir otra lesión por la caída de un rayo.

No es que me hubiera arriesgado esta vez. Y tal vez eso era lo que más me molestaba. No había salido corriendo a un claro en medio de la actividad eléctrica. No me había envuelto en papel de aluminio, como una vez sugirió Tully, para ir y destacar en una tormenta con un deseo de muerte.

Simplemente había estado en el lugar equivocado en el momento equivocado.

Como lo había estado mi madre.

No estaba seguro de lo que significaba para Tully y para mí.

Le encantaba perseguir tormentas. Había perdido relaciones anteriores debido a su compromiso con su pasión. Había pasado los fines de semana y todas las vacaciones en la naturaleza para simplemente estar en cualquier tormenta que pudiera encontrar.

Y había dicho que no podía creer lo afortunado que era de tener a alguien con quien compartir eso.

Pero, ¿y si ya no pudiera compartir eso conmigo?

En algún momento en medio de la noche, mi enfermera entró con el ceño fruncido. Ella revisó mis máquinas.

—¿Todo bien? —preguntó—. Tu corazón está un poco acelerado; la presión arterial está aumentando.

—Estoy bien —le dije—. Sólo estaba pensando.

—¿Pensando o preocupándote?

Resoplé.

—Todo lo que estás haciendo es agregar estrés a tu

corazón. Entonces, ¿qué tal si tratamos de dormir en vez de preocuparnos?

—Mmm.

Ella me dio una sonrisa.

—No se permiten preocupaciones. O se lo diré a ese hermoso esposo tuyo.

Eso me hizo sonreír. *Esposo*.

—Sin chismes, por favor.

Contenta con las máquinas y cualquier salida que ahora estaba mostrando, me dio unas palmaditas en el brazo.

—Duerme un poco. Tienes un gran día mañana.

Una ecografía, con suerte con buenos resultados. Tal vez el traslado a otra sala.

Y la llegada de mi padre.

Un gran día de hecho.

La sonrisa brillante de Tully me saludó después del desayuno. Plantó un beso en mi frente, luego en mi mejilla.

—¿Qué te hicieron comer?

—Tostadas frías y té negro.

Hizo una mueca.

—Cristo.

—Había una sustancia parecida a una papilla, pero… —Negué con la cabeza—. Dejé de comer pegamento para manualidades cuando estaba en preescolar.

Tully se rio, sus ojos marrones brillando.

—Vaya —dijo—. Ibas por delante de la clase. No

dejé de comer pegamento artesanal hasta el tercer año, por lo menos.

Haría cualquier cosa para mantenerlo sonriendo así.

—Yo era un niño superdotado.

—¿Puedo traerte algo de la cafetería? ¿Quizá un café? ¿Un café de verdad?

—Quizá más tarde. —Tomé su mano, solo queriendo sostenerla.

Se sentó de espaldas en mi cama y jugó con mis dedos.

—¿Estás bien? La enfermera dijo que no dormiste muy bien.

—Se preocupa fácilmente.

—¿Jem?

Suspiré.

—Pasé mucho tiempo pensando. No puedo hacer mucho más.

El agarre en mi mano se volvió un poco más fuerte.

—¿Pensando en qué?

—Sobre qué haré ahora.

—¿Qué quieres decir? —Estaba preocupado, incluso un poco pálido—. ¿Estás hablando de nosotros?

Oh, Dios. Él pensaba…

—No de esa manera. No sobre nosotros.

Él se hundió, visiblemente aliviado.

—Cristo, Jem. Estaba a punto de llamar a una ambulancia. Casi me das un infarto.

—Bueno, estás en la sala correcta.

—Cierto. —Puso mi mano contra su pecho—. ¿Sientes eso?

Podía sentir el latido de su corazón bajo mi palma. Sonreí, luego asentí a la máquina de ECG.

—El mío viene con fotos.

Él sonrió, pero sus ojos escanearon los míos.

—¿Qué estabas pensando? Todavía me estás asustando un poco, no me vayas a mentir.

—Bueno, yo… —No estaba seguro de cómo decir esto, y solo podía suponer que la honestidad era la mejor política—. No estoy seguro de poder continuar con mis estudios de fulminología.

Parecía confundido por esto.

—Bueno. —Me entrecerró los ojos—. No estoy seguro de lo que estás diciendo. ¿Estás hablando de tu trabajo en la oficina?

—No estoy seguro —dije—. Me gustaría quedarme. Me encanta mi trabajo, y si alguna vez consiguen mejorar mi oficina… —Miré nuestras manos unidas—. Lo que digo es que no creo que pueda continuar monitoreando las tormentas. Fuera del horario de oficina, eso es todo.

Abrió la boca y negó levemente con la cabeza.

Me lamí los labios, tenía la boca seca. La decepción en su rostro fue algo amargo de tragar.

—Siempre apoyaré tu amor por cazar tormentas —dije—. Y una vez soñé con pasar todos los fines de semana, todas las vacaciones contigo. En el búnker, donde estaríamos solos nosotros dos en medio de la temporada de tormentas en esa cama pequeña. Es todo lo que siempre quise.

Estaba frunciendo el ceño ahora, negando con la cabeza.

—Si tú quieres eso, ¿por qué no podemos?

—Porque casi muero. Y me hiciste prometer la última vez que te consideraría antes de intentar morir de nuevo. Así que eso es lo que estoy haciendo. —Apreté su mano—. Verte tan preocupado, saber por lo que te hice pasar. Me hizo darme cuenta de que tenías razón. Necesito considerar a otras personas además de mí. Lo cual no es algo con lo que esté demasiado familiarizado, para ser honesto. Nunca he tenido a nadie… —Llevé su mano a mis labios—. Entonces, si eso significa que mis días de investigación han terminado, o mis viajes de campo, al menos, que así sea.

—Jeremiah —murmuró.

—No es algo malo. Todavía puedo estudiar e investigar, pero no voy a acercarme a las tormentas eléctricas… —Negué con la cabeza—. No si alguna vez te vuelvo a lastimar. No puedo hacerlo. Y no estoy triste por eso. Mis prioridades son bastante claras para mí ahora. Y mi prioridad eres tú, y mi trabajo, por supuesto. Pero exponerme en un claro sosteniendo una barra de metal hacia el cielo durante una tormenta ya no es tan atractivo.

—Jem —susurró—. Nunca quise decir que tenías que parar. Nunca te pediría que te detuvieras.

—Lo sé. Y nunca te pediría que te detuvieras tampoco. Sé que te encanta, y sé que has tenido relaciones en las que no os habéis entendido. No soy como ellos. Lo entiendo y quiero que sigas haciendo lo que amas. Siempre te apoyaré.

—Pero no vendrás conmigo —dijo frunciendo el ceño.

—Tully, no puedo pasar por esto otra vez. No puedo hacerte pasar por esto de nuevo.

Él asintió lentamente, sus ojos adquiriendo ese brillo endurecido, enfocado, posiblemente enfadado.

—Mira, aquí está el punto Jeremiah —dijo—. He estado persiguiendo tormentas toda mi vida. Desde que era niño, hacía todo tipo de locuras con mi padre y luego, cuando tuve la edad suficiente para hacerlo solo. Y nunca me ha alcanzado un rayo.

—A mí tampoco —respondí—. Y para que conste, no estaba haciendo ninguna locura. Fue una extraña descarga eléctrica. El hecho de que no esté lloviendo o haya tormenta sobre nuestras cabezas no significa que los rayos no puedan caer.

—Exactamente —dijo—. Acabas de decirlo. Fue un accidente raro. No había manera de que pudieras haberlo predicho. No quisiste que sucediera.

Es posible que solo ahora haya visto la esquina en la que me pinté.

Sonrió como si supiera, aunque todavía estaba un poco triste.

—No era como si estuvieras ahí afuera sosteniendo una barra de metal hacia el cielo, buscando activamente un punto de impacto. No como cuando querías caminar por los manglares con un montón de equipo de metal. O esa vez que saliste a una tormenta para arreglar tu estación meteorológica y casi te alcanza un rayo. Esos fueron actos deliberados de estupidez.

Resoplé.

—Gracias.

—O la vez que salvaste a Casey y Presley. Eso fue

deliberado y estúpido, pero salvaste a esas niñas, así que te doy un pase.

Sonreí, pero él también estaba ayudando a mi punto.

—Todos esas veces son solo una prueba de que necesito parar.

—No. Es la prueba de que necesitas empezar a pensar. Así que seguimos yendo al búnker y podemos tomar todo el equipo de monitoreo. —Se inclinó más cerca, sus ojos fijos en los míos—. Y hacemos el amor en esa pequeña cama mientras fuera ruge la tormenta.

Mi máquina de ECG emitió un pitido.

La miró.

—Ups.

Mi enfermera apareció como un genio de una botella de ECG.

—¿Qué hiciste?

Tully se levantó de la cama con las manos a la espalda.

—Sólo me aseguro de que todavía funcione, eso es todo. Un deber cívico, por así decirlo.

Ella lo fulminó con la mirada y luego me sonrió.

—¿Te está molestando?

—Sí.

Él jadeó.

—¡Esposo! ¿Cómo pudiste?

Ella me miró.

—Hay otra visitante esperando en el pasillo. Le dije que solo podían entrar de uno en uno y que ya había alguien dentro.

—¿Ella? —preguntó Tully—. Mamá no vendría hasta esta tarde.

—No recuerdo su nombre —dijo la enfermera—. Alta, señora mayor, cabeza rapada. La camiseta tiene un dinosaurio. ¿Se llamaba Doreen?

Tully me sonrió.

—Nuestra lesbiana favorita.

Me reí y me dolieron las costillas.

—Ay.

Besó el lado de mi cabeza.

—Iré a buscarla y ella puede saludarte, e iré a buscarte un buen café.

Ambos se habían ido y apenas tuve tiempo de pensar en todo lo que Tully había dicho antes de que regresara con Doreen.

—Aquí está —dijo Tully—. Ahora, por favor, hazle entrar en razón.

—¿Razón sobre qué? —preguntó ella.

—Él cree que no debe venir a cazar tormentas conmigo nunca más —respondió—. Dile que eso es una mierda monumental.

Alguien en la sala dijo algo sobre su idioma y Tully desapareció detrás de la cortina, dejando a Doreen allí de pie. Llevaba una bolsa en la mano, retorciendo el asa.

Nunca la había visto tan incómoda.

—¿Cómo estás? —preguntó.

—He tenido mejores días —respondí—. Pero estoy mejorando.

Todavía estaba jugueteando con la bolsa.

—Tully dijo que tuviste mucha suerte.

—Sí. Suerte que él estaba allí.

Ella asintió.

—¿Así que vas a renunciar o algo así?

—¿Qué? ¿Dejar la oficina? No. —Negué con la cabeza—. No puedes deshacerte de mí tan fácilmente.

Ella finalmente sonrió.

—Muy bueno. Me alegra escuchar eso. Me dicen que la instalación está a punto de comenzar. Unos empleados de los cables ópticos vinieron a medir algo.

Finalmente.

—Oh, eso es una buena noticia.

—Pero no te preocupes por nada de eso. Los mantendré alerta por ti, me aseguraré de que ninguno de ellos esté holgazaneando.

Sonreí.

—Genial. Gracias.

Ella asintió, mirando a su alrededor con torpeza de nuevo.

—No podía creerlo cuando lo escuché. Iba a venir ayer, pero Tully dijo que hoy podría ser mejor.

—Gracias por venir —le dije—. Es una grata sorpresa.

Ella asintió hacia los globos.

—Déjame adivinar. ¿Tully los compró?

—Ah, no. Su hermano.

Ella asintió como si eso tuviera mucho sentido.

—Un poco gracioso.

Le sonreí.

—Lo es.

Ella hizo una mueca.

—Sabes que no soy fan de los hospitales.

—Tengo esa impresión, sí. —Fue entonces cuando me di cuenta de su camiseta. De hecho, tenía un dinosaurio en ella. Era rosa, blanco y naranja, los colores del orgullo lésbico, con pestañas largas, y debajo estaba escrito *Cunilingusaurio*.

No esperaba menos.

—Me encanta tu camiseta.

Ella sonrió, de verdad esta vez.

—Gracias. Es nueva. —Entonces ella justo pareció recordar que estaba sosteniendo algo—. Oh, tengo esta para ti. La conseguí cuando pedí la mía. Iba a guardarla para Navidad o un cumpleaños o algo así, pero no me sentía cómoda viniendo a verte y no traerte algo.

Ella me la entregó. Dentro de la bolsa había una camiseta, que pude ver que decía "Amo la Polla", sólo que tenía las palabras escritas en inglés, *I Love Dick*, y una foto de la cara de Dick Van Dyke.

Me reí y mis costillas dolieron.

—Me encanta, gracias.

—No hay problema. —Luego se balanceó adelante y atrás sobre sus talones, incómoda otra vez—. Entonces, eh, ¿te dolió?

No me importaban sus preguntas. Ella era, después de todo, meteoróloga. Su curiosidad era natural.

—No lo recuerdo. El dolor después, sí. Cuando desperté, supongo, por falta de una palabra mejor. Estaba adolorido. Por todos lados.

—¿Fue un golpe directo?

Negué con la cabeza.

—Toque lateral. Me dio en las costillas. —Levanté mi brazo izquierdo, y ella miró e hizo una mueca.

—Jesús.

—Justo cerca del corazón.

—¿Y las figuras de Lichtenburg?

—¿Te refieres a mis llamas de carreras de Rayo McQueen?

Ella sonrió ante eso, pero luego miró mi torso.

—Jesús, María y José. Es irreal. ¿Alguna herida de salida?

—Un par a juego en la planta de cada pie.

Ella negó con la cabeza, aparentemente sin palabras.

—Tuviste suerte, ¿eh?

—Sí.

—Entonces, no más persecución de tormentas, ¿eh?

Me encogí de hombros.

—No sé. Vi lo que hice pasar a Tully, y no puedo volver a hacerlo. Necesito pensar en él ahora también. No creo que esté contento con mi decisión, pero…

—Dale algo de tiempo —dijo—. No es tanto que tengas que renunciar a cazar tormentas. Es la estupidez de hacer cosas como salir en medio de una tormenta eléctrica lo que tienes que dejar.

Resoplé.

—Gracias. Lo tendré en mente.

—Solo digo, si te encanta, si es parte de lo que te hace ser tú mismo, entonces si renuncias, estás renunciando a una parte de ti mismo. Y eso puede llevar al resentimiento y si te culpas a ti mismo o a Tully, o tal vez él te culpe a ti. No será bueno de ninguna manera.

—¿Qué no es bueno de ninguna manera? —preguntó Tully mientras volvía a entrar, sosteniendo una taza de café para llevar—. La enfermera dijo que vendrían a ponerte un poco de tinte en el suero para la ecografía. Le pregunté si el tinte te haría brillar en la oscuridad. Dijo que no. Pero pregunté si podías tomar café, y sí, todavía puedes beber esto. —Puso el café en mi mesa. Y entonces vio la camiseta. Él la sostuvo—. Oh, Dios mío, esto es lo mejor que he visto en mi vida. Voy a necesitar una de cada color.

—No es tuya —dijo Doreen—. Es de Jeremiah.

—Compartimos un guardarropa —dijo Tully—. Lo que es mío es mío y lo que es suyo es mío.

Luego, como Tully era Tully, se sacó su camiseta por la cabeza y se puso la de *I Love Dick*. Se palmeó y me sonrió.

—¿Te gusta?

No podía dejar de sonreírle.

—Me encanta.

Él sonrió, dándole a Doreen una de sus sonrisas, y ella puso los ojos en blanco.

Tully hizo una bola con la otra camiseta y la metió en la bolsa.

—De todos modos, la enfermera dijo que tenemos que irnos. Regresaré tan pronto como me dejen entrar. —Se inclinó y besó mi frente—. Te amo. Nos vemos pronto.

—Yo también te amo —le dije.

Todavía estaba radiante, y se rio cuando mi línea de ECG subió.

—Ups.

Mi enfermera apareció de nuevo como por arte de magia, su mirada fija directamente en Tully.

—¿Tu esposo está siendo una amenaza otra vez?

Vi a Doreen hacer una doble toma en la palabra esposo, y Tully debió haberlo visto también. Rápidamente la tomó del brazo.

—Vamos, Dory. Hora de irnos. —Ella consiguió agitar una mano antes de que desaparecieran.

Mi enfermera chasqueó la lengua detrás de él.

—¿Esa sonrisa suya le da lo que quiere?

Me reí.

—Sí, lo consigue.

Ella palmeó mi brazo.

—Está bien, vamos a prepararte para esta prueba. ¿Cómo la llamamos?

—Un paso más cerca de volver a casa.

CAPÍTULO DOCE

TULLY

Dejar el hospital sin Jeremiah se volvía cada vez más difícil. Estaba mejorando y no necesitaba que un médico me lo dijera. Estaba más brillante, sonreía más, hablaba más, dormía menos y no se estremecía cada vez que se movía.

Acompañé a Doreen a los aparcamientos y le agradecí nuevamente por venir a verlo. Ella no era la gran chica dura por la que se hacía pasar, aunque dudaba que la volviera a llamar Dory pronto.

Me amenazó con un tipo específico de daño corporal y luego se rio. No como si fuera una broma, pero en una especie de "hazlo de nuevo, te reto".

No estaría tentando ese destino en el corto plazo.

Sabiendo que Jeremiah estaría ocupado durante una hora más o menos, me dirigí a la oficina. Básicamente había abandonado mi trabajo en los últimos días, así que dedicarle un poco de tiempo mientras podía era una buena idea.

Mantenerme ocupado también lo era.

Abrí mis correos electrónicos, esperando completamente un aluvión, y no me decepcionó. Solo había leído un puñado cuando Rowan pasó por delante de mi oficina, me vio y se detuvo.

—Ah, hola —dijo entrando—. Pensaba que no vendrías esta semana.

—En realidad no estoy aquí —respondí—. Solo trato de hacer mella en mi bandeja de entrada.

—¿Todo bien en el hospital?

—Sí, le están haciendo algunas pruebas. Volveré pronto.

Pareció notar mi camiseta.

—Eh, bonita camiseta.

Me reí.

—Gracias. Era de Jeremiah. Ahora es mía.

Hizo una mueca que decía "Jeremiah nunca usaría eso" pero no lo dijo en voz alta.

—Ellis dijo que su padre llega esta tarde.

Suspiré.

—Sí.

—¿No es eso algo bueno?

—Lo es. —Hinché mis mejillas aguantando otro suspiro—. Bueno, espero que así sea. Tienen una relación un poco tensa. No son muy cercanos.

Asintió lentamente y entró para sentarse en la silla frente a mí.

—Debe haber sido difícil para ambos después de la muerte de la madre de Jeremiah. Y para nada estoy excusando el comportamiento de su padre...

No estaba seguro de dónde estaba tratando de llevar esto.

—¿Qué?

—Sé que, si fuera yo, si estuviera en su lugar, bueno, me gustaría pensar... Si Diah muriera, me gustaría pensar que me haría abrazar más a mis hijos, amarlos más intensamente. Pero nunca se sabe. Yo también sería un hombre que cambiaría para siempre. Me rompería. Y estoy bastante seguro de que después de ver lo que pasaste con Jeremiah estos últimos días, también te rompería a ti.

Yo... Estaba sin palabras.

Rowan se encogió de hombros.

—Y tenemos una gran familia que da un paso al frente cuando la necesitamos, y no puedo imaginar lo difícil que fue para Jeremiah, no tener a nadie y crecer así. Estoy seguro de que su padre hizo todo lo que pudo para criarlo lo mejor que sabía. —Se pasó la mano por el pelo—. No sé lo que estoy tratando de decir.

Yo tampoco estaba seguro.

—¿Estás bien, Rowan?

Dejó escapar una risa entrecortada. No podía recordar haberlo visto avergonzado, pero aquí estaba.

—Sí, estoy bien. Solo digo que quizá el papá de Jeremiah no es una mala persona. Y sé que te inclinas a ser protector con Jeremiah y que Dios ayude a cualquiera que se atreva a mirarlo mal, pero tal vez ahora puedas simpatizar un poco con su padre.

—No iba a ser grosero con él.

—Lo sé. Sé que no lo serías. Pero perdió al amor de su vida, al igual que tú casi pierdes el tuyo. —Se encogió de hombros de nuevo—. Tal vez cuando nos reunamos con él esta tarde, podamos mostrarle que Jeremiah…

—Espera. ¿Cuándo nos reunamos con él?

—Sí, bueno, mamá pensó que sería bueno si todos fuéramos a cenar.

—Oh, ¿en serio?

—¿Querías estar solo con él en casa esta noche? ¿Con Ellis?

Oh, Dios.

—Ese es un buen punto.

Él se rio entre dientes mientras se ponía de pie.

—Llevaré un poco de cinta adhesiva. Por si acaso.

Resoplé.

—Gracias.

Caminó hacia la puerta.

—Saluda a Jeremiah de nuestra parte.

—Lo haré.

Me dejó preguntándome si esa no era la conversación más extraña que había tenido con mi hermano mayor. Nunca habíamos sido muy cercanos. Siempre habíamos estado en diferentes etapas de nuestras vidas y tampoco teníamos mucho en común.

Hasta ahora.

Leí otros tres correos electrónicos cuando mamá me encontró. Llamó a la puerta y entró directamente.

—Ah, Rowan dijo que estabas en la oficina.

—Solo en cuerpo. —Miré mi reloj—. Durante otros treinta minutos, tal vez.

—Había pensado…

—¿Sobre la cena? Rowan me lo dijo.

Ella sonrió mientras se sentaba.

—Pensé que podría ser agradable. Sé que él estará cansado después de viajar y querrá ver a Jeremiah, por supuesto. Pero podemos tener la cena lista en tu casa cuando lleguéis, y nos iremos a las ocho y media. ¿Qué opinas?

No estaba seguro…

—Será bueno para él ver qué queremos mucho a Jeremiah en nuestra familia, ¿no crees?

—Bueno. —Cuando lo explicaba así…—. Supongo.

Y Jeremiah se alegrará de no estar allí para presenciarlo.

—¿Algún requisito dietético?

—No que yo sepa. Mamá —dije—. No es del tipo exquisito. Por favor, no hagas todo lo posible para impresionarlo.

—No lo haré.

—Simplemente no quiero que piense que somos pretenciosos o que pensamos que somos demasiado buenos para ellos. No quiero que el padre de Jeremiah piense…

—Tully, deja de estresarte por esto. Estoy segura de que te verá por lo que eres, y su única preocupación será que trates bien a su hijo. Y es como lo haces. Eso es todo lo que cualquier padre quiere. Todo irá bien.

Ellis eligió ese momento exacto para entrar a mi oficina.

—Oh, mira, es mi segundo gilipollas favorito.

Mamá suspiró.

—¿Cómo podría alguien pensar que somos pretenciosos?

Resoplé.

—Ellis se comportará lo mejor posible, ¿no es así?

—¿Para cenar esta noche? —sonrió—. Por supuesto. Oh, genial.

—Sabéis, tal vez esta noche no sea una gran idea…

—Sé cuándo comportarme, por Dios —se quejó—. Entonces, ¿cómo estuvo Rayo McQueen esta mañana?

Iba a reprenderlo, pero honestamente, ¿cuál era el punto?

—Estaba bien. Está mejorando, aunque no durmió muy bien anoche. —Suspiré—. Dijo que ya no quiere ir a cazar tormentas. Dijo que no quiere arriesgarse a que lo lastimen de nuevo, no quiere que yo sufra.

Mamá me dio una sonrisa triste.

—Ha sido un susto terrible, amor. Y vio cómo te afectó. No me sorprende que esté teniendo dudas.

Ellis lo descartó por completo.

—Oh, por favor. Dale dos semanas y estará de vuelta en el patio viendo tormentas contigo. Tiene esa misma mirada estúpida y emocionada en su rostro que tienes cuando los truenos comienzan a sonar.

Resoplé.

—Vaya, gracias.

Mamá asintió hacia mi ordenador.

—Sabes que puedes dejar eso.

—Lo sé. Pero ayuda a sentirme productivo. —Miré mi reloj de nuevo—. Tengo que regresar pronto de todos modos. Le dije que estaría allí tan pronto como me dejaran verlo.

—¿Quieres que recoja a su padre en el aeropuerto? —preguntó Ellis.

Lo consideré durante medio segundo.

—Por mucho que no quiera dejarlo, creo que debería recogerlo. Buenas primeras impresiones y todo eso.

Ellis me sonrió.

—Conociendo al suegro, ¿eh? ¿Estás nervioso?

Dios, sí.

—No.

Él resopló.

—Si vas a mentir, tienes que mejorar.

Dejé escapar una bocanada de aire.

—Gracias.

Mamá se puso de pie, indicándole a Ellis que hiciera lo mismo.

—Todo irá bien, Tully. Le causarás una buena impresión. Vamos, Ellis. Le estamos impidiendo que haga algo.

—¿Necesitas que compre algo para la cena esta noche?

—No, lo tengo todo preparado. —Mamá acompañó a Ellis a la puerta—. Dile a Jeremiah que lo queremos. Ah, ¿y Tully?

—Sí.

—Antes de recoger al padre de Jeremiah, es posible que desees reconsiderar la camiseta.

Ellis claramente no había prestado atención a mi camiseta. La miró ahora y se echó a reír, y mamá lo guio hacia la puerta.

Suspiré en mí ahora oficina vacía. No tenía mucho trabajo hecho, pero me dieron mucho en qué pensar.

Supe que Jeremiah estaba dolorido tan pronto como entré. Trató de sentarse un poco cuando me vio, y jadeó y se estremeció.

Tomé su mano.

—¿Qué ocurre?

Negó con la cabeza.

—Nada. Simplemente hicieron que me moviera mucho. De lado, y tuvieron que presionar contra mis costillas. Estoy bien.

Aparté el pelo de su frente.

—¿Puedo traerte algo?

Se señaló los labios e hizo un puchero.

Me reí y lo besé.

—¿Mejor?

—Sí.

Besé su frente por si acaso.

—Entonces, ¿qué dijeron los médicos?

—El informe completo está por llegar, pero el preliminar fue bueno. Nada ha empeorado, leve mejoría, ritmo normal y flujo sanguíneo bueno.

—Esas son buenas noticias.

Él sonrió, cansado pero feliz.

—Sí, lo son. Mencionaron trasladarme a otra área, pero realmente solo quiero irme a casa.

—Quiero que vuelvas a casa también. Dije que contrataría a una enfermera a tiempo completo, y lo digo en serio. Solo por unos días o una semana, o el tiempo que sea necesario. Al menos estarías en casa. El Sr. Percival te echa de menos.

—¿En serio?

Asentí.

—Bueno, él grazna mucho. Yo no hablo urraca.

Él sonrió y apretó mi mano.

—Me gustaría ir a casa.

—¿Quieres que te saque? Porque lo haré. Puedo usar una bata y poner tu sábana sobre tu cabeza, sacarte por la puerta. Nadie lo sabría.

—Creo que se enterarían.

—Bueno, podría preguntarles si te dan de alta legítimamente, pero no es tan divertido.

—Se supone que no debo asentar mis pies —dijo—. Debo tener cuidado con las heridas de salida. Se supone que debo hacer ejercicios para las piernas, lo cual estaría bien si no me dolieran tanto las costillas.

—¿Quieres que te doble las piernas?

Levantó una ceja cansada.

—Estoy casi seguro de que eso no es lo que tenían en mente.

Resoplé.

—Eso no es lo que quise decir, para nada. Tienes la mente sucia.

Se rio, pero sus mejillas se sonrojaron.

Suspiré y pasé mi pulgar por su pómulo.

—El rubor es mi color favorito en ti.

Me miró, parpadeando lentamente.

—Ese tipo de conversación no está ayudando con mi mente sucia.

Eso me hizo reír.

—¿Quieres estrenar esa máquina de ECG?

Él resopló, pero luego hizo una mueca y se agarró las costillas.

—Tal vez en otro momento.

—Ojalá pudiera hacer algo para ayudar.

—El que estés aquí ayuda. Realmente ayuda.

Besé su sien.

—¿Puedo sacarte de esta habitación al menos? ¿En una silla de ruedas?

Se iluminó por medio segundo, como si esa fuera la mejor idea, luego suspiró.

—No estoy seguro, tendría que preguntarlo. Tal vez cuando llegue el médico. Si me llevan a otra área, me imagino que me querrán despierto más de lo que he estado.

—¿Todavía te duelen los pies?

—No tanto.

—Puedo ayudarte a caminar. Llevarte al baño. —Luego susurré—: Y sostener tu pene cuando orines.

Eso lo hizo sonreír.

—Tal vez tengas que ducharme también.

—Diablos, sí lo haré. —Las bromas eran divertidas, pero él se estaba cansando, así que me senté en la silla junto a él y le tomé la mano—. Bueno, cuando te llevemos a casa, te acomodaré en el cómodo sofá con todos los aperitivos y las películas que quieras ver.

—Y libros.

—Todos los libros que quieras.

—Echo de menos mi teléfono. Extraño leer.

—Oh, nene, deberías haberlo dicho. —Puse mi teléfono en su mesa—. Usa el mío, descarga los libros que quieras.

—No puedo quedarme con tu teléfono.

—Sobreviviré. Solo hasta que te consiga otro.

—¿Sabes dónde está mi teléfono? Dijiste que se frio, ¿verdad?

Asentí.

—Sí. Está muerto. Al parecer, no le gustaron los cincuenta mil voltios. Sin embargo, podemos comprobar la tarjeta SIM.

—Igual que mi reloj.

—Te compraré uno nuevo. Y una correa de pecho nueva. Aunque ahora no será con fines científicos. Será médico, así me aseguro de no exagerar. Sin embargo, espero muchas estrellas doradas. Hay mucho que decir acerca de tomar las cosas con calma.

No suspiró, no discutió, no se enfadó. Él solo me miró con ojos dulces y una cálida sonrisa.

—Te amo —murmuró—. No sé qué haría sin ti.

En ese momento, el traqueteo familiar y el olor del carrito del almuerzo entraron en la sala.

—Voy a darte algo de almorzar primero. Y luego, cuando me hagan marcharme, lo que puedes hacer sin mí es dormir un poco. Volveré después de las tres —dije—. Con tu padre.

Sus ojos se agrandaron, luego se desinfló un poco.

—Me olvidé.

Poniéndome de pie, besé un lado de su cabeza.

—Cariño, todo irá bien. Y deberías considerarte afortunado de estar aquí, porque mis padres insistieron en que se encontrara con toda mi familia para cenar. En nuestra casa. Incluyendo a Ellis.

—¡Oh, cielos!

Asentí.

—Exactamente.

Esperé en el aeropuerto, como lo había hecho muchas veces antes. No hace mucho esperando a Jeremiah. Ahora esperando a su padre.

Ignoraba los nervios, fingiendo que no me hacía sentir mal. Pero estaba pensando que tal vez almorzar había sido una mala idea.

Cálmate, Tully. Irá bien. Todo va a ir bien.

Solo había visto una foto del hombre antes, pero no la necesitaba. Solo había un hombre entrando por la puerta de llegadas que podría ser el padre de Jeremiah. Sin confusión alguna.

Era alto y delgado, vestía pantalones formales y una camisa blanca de botones. Tenía el pelo gris oscuro y llamativos ojos azules.

No tan azules como los de Jeremiah, pero aun así...

Simplemente era una versión más antigua del mismo Jeremiah.

Escudriñaba a la multitud, nervioso y fuera de lugar.

—¿Señor Overton? —lo llamé con una sonrisa. Le ofrecí mi mano—. Tully Larson. Hablamos por teléfono.

Me estrechó la mano.

—Ah, sí, sí, por supuesto. Eh, gracias por venir a recogerme y por el billete, por supuesto.

Ver que estaba tan nervioso como yo me hizo sentir un poco mejor.

—Es con mucho gusto. —Miré su bolso de mano—. ¿Tienes más equipaje?

—No, no. Sólo esto.

—Perfecto. Entonces deberíamos irnos. Jeremiah está deseando de verte. —Hice un gesto hacia la salida.

Él asintió y salimos.

—Está… ¿Está mejor?

—Mucho mejor —dije—. Pero todavía está… Bueno, todavía está acostado. —Llegamos a mi coche y presioné el botón para que se abriera el maletero.

Metió su equipaje de mano y se limpió las palmas de las manos en los muslos.

—Buen coche.

Casi me río.

—Sabes, Jeremiah lo miró de la misma manera. También tengo un Jeep que tiene unos veinte años y él prefiere conducir ese, pero este tiene aire acondicionado.

—Ah, sí. Esta humedad no es para tomársela a broma.

Abrí la puerta del pasajero para él y sonreí.

—Jeremiah dijo exactamente lo mismo.

Me subí y salir del área de aparcamientos fue una buena distracción. No tuve que preocuparme por lo que iba a decir, al menos, por un minuto o dos.

—Darwin sufrió mucho con la tormenta —dijo mientras nos abríamos paso entre el tráfico—. Traté de verlo en las noticias, pero los canales de Melbourne dejaron de mostrarlo cuando ya no era noticia.

—Viste la entrevista de Jeremiah donde te dijo que estaba bien, ¿verdad?

Frunció el ceño.

—Bueno, sí. Aunque probablemente no debería haber desperdiciado recursos importantes para eso.

Era difícil no sonreírle porque, Dios mío, Jeremiah y él eran tan parecidos.

—Ese equipo de noticias se la debía. Una entrevista de diez segundos para hacerte saber que estaba bien era lo mínimo que podían hacer.

Frunció el ceño antes de educar sus rasgos.

—Sí, con el rayo. Yo también vi eso.

—¿Cuándo salvó a esas dos niñas? —Asentí—. Es un poco un héroe en esta ciudad.

Observó el paisaje que pasaba durante unos largos segundos: los edificios aún dañados, el trabajo de construcción.

—Sin embargo, no le ayudó mucho esta última vez.

Contuve mi suspiro. Quería decir tanto, pero sabía que tenía que morderme la lengua.

—No había tormenta cuando fue golpeado —ofrecí suavemente—. Sin truenos, sin lluvia. No fue un acto imprudente ni tonto. Fue solo un extraño accidente.

Él asintió solemnemente, su boca era una línea sombría.

—Eso lo he escuchado antes.

Y ahí estaba.

Una verdad dolorosa de que había vivido esto antes.

Tan sencillo como eso.

Circulamos en silencio el resto del camino. No había nada que pudiera decir, nada que pudiera agregar.

Cuando entramos en el aparcamiento del hospital, lo vi bajo una luz diferente. Sí, se parecía mucho a Jeremiah, eso era cierto, pero también había diferencias.

Su padre estaba demacrado, las líneas en su rostro estaban arraigadas con casi treinta años de dolor. Había una nube oscura sobre él, y aunque había sonreído cuando lo conocí, ahora podía ver que era solo un esfuerzo consciente en una expresión facial esperada.

Mientras que Jeremiah todavía se reía, todavía tenía luz en sus ojos. Su padre no la tenía.

Tuve que preguntarme si había sonreído desde que murió la madre de Jeremiah.

Y las palabras de Rowan volvieron a mí.

"Si Diah muriera, me gustaría pensar que me haría abrazar más a mis hijos, amarlos más intensamente. Pero nunca se sabe. Yo también sería un hombre que cambiaría para siempre. Me rompería. Y estoy bastante seguro de que después de ver lo que pasaste con Jeremiah estos últimos días, también te rompería a ti."

Y sabía exactamente que lo que Rowan había dicho era cierto.

El padre de Jeremiah se rompió el día que murió su esposa. No sabía qué tipo de hombre era antes, pero me arriesgaría a adivinar que la luz dentro de él murió junto con ella. Y lo entendí, pude simpatizar. Porque Jeremiah casi muere y casi me rompe a mí también.

Así que sí, como también había dicho Rowan, tal vez podría simpatizar un poco con el padre de Jeremiah.

Me detuve en un lugar de estacionamiento y apagué el motor.

—Vamos a verlo. Estaba durmiendo cuando lo dejé, así que espero que haya descansado bien.

El Sr. Overton asintió de nuevo y nos dirigimos al interior del hospital. Su nerviosismo aumentaba un poco con cada paso, y se detuvo en seco cuando se dio cuenta de que lo estaba llevando a la UCI.

—¿UCI?

—Sí. Esperan sacarlo hoy. Le hicieron algunas pruebas esta mañana y estaba esperando noticias del médico.

—¿Está… puede él…? —Parecía considerablemente más demacrado ahora—. Debería haber preguntado antes de ahora. Cuando dijiste por teléfono que no estaba bien…

Puse mi mano en su brazo.

—Está bien. Se va a recuperar por completo. Está hablando, comiendo y bebiendo. Todavía tiene su sentido del humor. Están hablando de levantarlo y que camine. Solo está aquí por su corazón.

—¿Su corazón…?

Oh, Dios.

—Sí, el alto voltaje afectó a su corazón. Así que está conectado a máquinas que miden cada latido. Es sobre todo por precaución —añadí, tratando de aplacarlo un poco.

Dios.

Apestaba en esto.

Oh…

Y entonces recordé algo más.

Diablos. Aquí va todo.

—Ah, y eh, sí, antes de que entre —dije, mirando alrededor para ver quién podría escucharme—. ¿El hospital podría tener la impresión de que Jeremiah y yo estamos casados?

Él miró fijamente.

—No lo estamos —agregué rápidamente—. Es solo para poder estar aquí con él, ¿sabe? Lo hace más fácil, eso es todo.

Sus cejas volvieron a mostrarse despreocupadas, su boca una fina línea de decepción.

—Bien.

Así que salió bien.

—Está bien, no lo hagamos esperar.

Logré que lo anotaran y lo llevé a la sala. Sostuve la cortina para él y lo seguí dentro.

Jeremiah todavía estaba en la cama, y parecía como si hubiera habido algún intento de cepillarle el pelo. Tan pronto como vio a su padre, trató de sentarse más derecho e hizo una mueca de inmediato.

—Papá —dijo. Había esperanza en sus ojos, y por un breve segundo, vislumbré a un niño pequeño que hubiera dado cualquier cosa en el mundo para hacer feliz a su padre.

Su padre lo miró, asintió y comenzó a llorar.

CAPÍTULO TRECE

JEREMIAH

VER A MI PADRE PREOCUPADO, VERLO MOSTRAR CUALQUIER tipo de emoción, me tomó por sorpresa, no estaba seguro de cómo reaccionar.

Verlo llorar me hizo llorar a mí también.

Lágrimas instantáneas, mi corazón pesado, un nudo en mi garganta.

Traté de alcanzarlo, pero me dolían las costillas y rápidamente tomó mi mano.

—Lo siento, hijo —dijo limpiándose las mejillas, tratando de recomponerse—. Solo me sorprendió un poco verte, eso es todo.

Nunca había visto llorar a mi padre. Jamás.

—Está bien, papá —le dije.

Tully acercó mi mesita a mí, donde había pañuelos de papel encima. Besó el costado de mi cabeza.

—Estaré en el pasillo.

Lo vi irse, corrió la cortina detrás de él. Papá se quedó allí, inseguro y claramente sin saber qué decir.

—Parece un buen chico.

Me reí, aún con lágrimas.

—Lo es. —Todavía tenía agarrada su mano y de mala gana la solté—. Siéntate. ¿Qué tal el vuelo?

Se sentó como si el asiento fuera a morderlo.

—Siento lo de antes —dijo en voz baja—. Yo solo… No sé qué me pasó.

—Está bien, papá —le dije de nuevo—. Te he extrañado. Estoy muy contento de que hayas hecho el viaje.

Se movió en su asiento.

—Sí, bueno… Tully insistió en que viniera. Se hizo cargo de los gastos, algo que no esperaba que hiciera, y puedo devolverle el dinero.

—Probablemente se ofendería si lo intentaras. Y es insistente. Si hubieras dicho que no, probablemente él mismo habría ido a Melbourne para traerte aquí. —Sonreí—. Es un buen hombre, papá. Me salvó la vida.

Sus ojos se fijaron en los míos.

—Él, eh, dijo que no estabas bien. Cuando me llamó por primera vez. Dijo que pensaba que era mejor si yo hacía el viaje.

Asentí.

—Sí. Fue bastante aterrador.

Su mirada se clavó en la mía. Esa vacilación, ese incómodo hábito suyo de no mantener el contacto visual se había ido.

—Un rayo, ¿eh?

Suspiré, temiendo esta conversación que debíamos tener.

—Sí. Lo sé.

—Casi os pierdo a ambos por lo mismo. ¿Sabes lo que eso me habría hecho?

Traté de mantener mi respiración tranquila, mi ritmo cardíaco bajo, pero maldición. Estar conectado a todas las máquinas hacía que fuera difícil disimularlo. Mi presión arterial comenzó a subir y supe que mi enfermera estaba a solo unos segundos de distancia.

—Lo siento, papá. No quise que esto sucediera. Yo no quería esto…

Y allí estaba ella. Abrió la cortina e ignoró por completo a mi padre. Tenía una mano en mi brazo, la otra presionando la máquina.

—Jeremiah, cariño, ¿qué le estamos haciendo a tu presión arterial? ¿Estás tratando de quedarte aquí en la UCI?

—Lo siento, yo…

Papá se puso de pie.

—Debería irme —dijo—. No me di cuenta de que mi presencia aquí…

—No, papá. Quédate. Por favor. Mi investigación ha terminado —solté—. He terminado. No puedo hacer esto de nuevo. No puedo hacer que Tully pase por esto otra vez. O tú.

Papá se quedó allí, atónito. Incrédulo.

—Pero tu trabajo. Todos esos años que le dedicaste.

—No importa. Nada de eso importa.

Negó con la cabeza.

—Jeremiah.

Mi enfermera me palmeó el brazo.

—Mantén tu ritmo cardíaco bajo —dijo, y luego le dio a mi padre una mala mirada de despedida mientras se iba.

Ninguno de nosotros dijo nada por unos momentos.

—Me quedo en meteorología —dije—. Amo mi trabajo y he hecho un buen trabajo aquí, papá. La gente aquí es genial. Me quieren, me respetan. Pero mi investigación de campo ha terminado. No necesito datos ni estadísticas sobre queraunopatía o incluso queraunomedicina, porque sé todo lo que necesito saber.

Miró las máquinas, la cortina y finalmente a mí.

—No quiero que renuncies a tus sueños. Por mucho que no me guste o no lo entienda. —Negó con la cabeza—. Has dedicado toda tu vida a... —Él agitó su mano hacia mí—. A esto.

—Y casi me mata.

Volvió a sentarse y un manto de aceptación se apoderó de nosotros.

—¿Qué vas a hacer? —preguntó.

—Mi trabajo. Eso no cambiará. —Suspiré—. Y miraré mis registros médicos, los datos. Hubo escáneres cerebrales y electrocardiogramas, etcétera, y tal vez algún día compare estadísticas. Pero mis días de perseguir rayos en un intento egoísta de vencerlos terminaron.

—¿Qué pasa con Tully? —preguntó en voz baja—. Creí que dijiste que él también lo disfrutaba, que era algo que hacíais juntos.

—A él le gusta. Y si él quiere ir, entonces tal vez lo acompañe. —Tragué saliva. Sabía que lo haría, por mucho que me asustara. Porque a Tully le importaba y no debería renunciar a parte de lo que era para estar conmigo, como había dicho Doreen. No quería que se sintiera resentido conmigo. Así que iría, pero tendría cuidado, como Tully—. Pero no más comportamiento imprudente. Puedo admitir que antes fui imprudente y tonto. Fue desconsiderado de mi parte, y puedo verlo ahora. Necesito pensar en otras personas además de mí. Como él, y tú. —Tomé su mano y, vacilante, me la dio—. Lo siento, papá. Si alguna vez te defraudé. O si alguna vez te decepcioné. O hice que te preocuparas.

—Jeremiah —dijo negando con la cabeza.

—Por favor, papá. Escúchame. Tuve una verdadera llamada de atención. Y tal vez Tully me enseñó a decir lo que siento. Debería haber dicho esto mucho antes de ahora. Lo siento si mis estudios alguna vez te causaron preocupación. Y en el futuro, trataré de ser un mejor hijo. Quiero que sepas que aprecio todo lo que has hecho por mí. Todas las horas que trabajaste, todo lo que me proporcionaste. Sé que te esforzarte mucho por mí.

Negó con la cabeza de nuevo, su barbilla temblando.

—Traté de que fuera suficiente. No podía darte lo que otros niños tenían. Lo sé.

—Fue más que suficiente, papá. Nos las arreglamos bien.

Otra lágrima escapó de su ojo y rápidamente se la secó.

—Lo hicimos bien. Nos las arreglamos bien. Creciste para ser alguien de quien tu madre hubiera estado orgullosa. —Sollozó y sus ojos se llenaron de lágrimas—. Y estoy orgulloso de ti también.

Apreté su mano y tragué mis lágrimas.

—Mamá también estaría orgullosa de ti. No fue fácil, pero aquí estamos.

Tomó un pañuelo y se secó las lágrimas.

—Aquí estamos.

Con otro apretón de mi mano, me soltó y se sentó. Se tomó un momento para recuperar la compostura y respirar profundamente. Esta no era una conversación fácil para nosotros, pero dije lo que tenía que decir.

Y él había devuelto el sentimiento, que era un terreno nuevo para los dos. Sentí como si me hubieran quitado un peso de encima. ¿Mi padre y yo teníamos una relación perfecta? No. ¿La tendríamos alguna vez? Probablemente no.

Pero éramos nosotros, e íbamos a estar bien. Tenía la intención de incluirlo más, involucrarlo más. Incluso si fuera una llamada telefónica semanal, o tal vez podría enseñarle a hacer videollamadas.

—Sobre, Tully —dijo—, es un joven agradable.

—Lo es, papá. Lo amo.

Parpadeó sorprendido.

—Correcto, sí. Bueno, me alegro. Estoy feliz por ti. Él, eh, tiene un buen coche.

Lo está intentando. En realidad, está tratando de hablar sobre mi novio.

Otra primera vez.

Me reí, mi corazón cálido. Casi esperaba que una de esas malditas máquinas emitiera un pitido, pero no lo hizo.

—Es genial, papá. Es amable, atento y generoso. Él ama con todo su corazón. Tiene una gran familia; han sido muy acogedores conmigo. Me acogieron como uno de los suyos.

Él asintió lentamente.

—Eso es... muy bonito de su parte. —Se movió en

su asiento y jugueteó con sus manos—. Estoy feliz por ti.

—Verás lo que quiero decir cuando los conozcas esta noche.

—Cuando yo… ¿esta noche?

Resoplé.

—Ah, sí. Eh, sobre eso. —Dejé escapar un suspiro lento—. Van a celebrar una cena de bienvenida para ti en casa de Tully esta noche. Es casual y lo que llevas puesto está perfectamente bien. —Dije eso porque sabía que él preguntaría—. Pero debería incluir una advertencia justa. Son una familia grande y son ruidosos. Pero son personas increíbles, y se preocuparán por ti, y honestamente es menos doloroso si simplemente los dejas ser.

Sonreí ante la mirada de horror en su rostro. Fue de donde heredé la misma mirada.

—Ah.

—La señora Larson prometió que todos se irían a las ocho y media. O eso dijo Tully.

La cortina se abrió y mi médico estaba de pie allí con Tully detrás de él. El médico sonreía y Tully también sonreía, así que supuse que eran buenas noticias. Aunque papá se puso de pie, sin saber qué hacer con sus manos nuevamente.

—Está bien, papá. Son buenas noticias. —Miré a Tully y él asintió. Me encontré con los ojos del doctor—. ¿Me vais a trasladar a otra área?

—Los resultados del ecocardiograma son buenos y el análisis de sangre es bueno. Las enzimas cardíacas han vuelto a los niveles normales.

Gracias a Dios.

—Esas son buenas noticias.

El doctor asintió y luego sonrió a Tully.

—Por mucho que alguien quiera que te vayas a casa hoy, creo que una o dos noches más en una sala diferente sería lo mejor. Necesitamos que te levantes y te muevas, asegurarnos de que la presión en tus pies no afecte esas heridas por quemaduras y que otras funciones corporales estén bien. Las pruebas de tus enzimas renales también resultaron claras, así que una vez que puedas usar el baño y caminar por tu cuenta, podrás irte a tu hogar.

Tully estaba a punto de estallar.

—¿Lo has oído? Dijo *hogar*. Solo tienes que levantarte y orinar.

El doctor cerró los ojos por un segundo.

—Eso no es…

Estiré el brazo.

—Tully, ayúdame a levantarme.

Tully se rio y se acercó directamente.

—¿Qué tal si bajamos la cama primero y te ponemos los pies en el suelo? ¿Así ves cómo te sientes?

Asentí.

—Perfecto.

Mis costillas punzaban, pero ayudaba si mantenía mi brazo pegado a mi costado. Sin embargo, me las arreglé para sentarme con los pies en el suelo.

Tully mantuvo su mano en mi hombro.

—¿Qué tal?

Miré los monitores para ver si traicionaban mi confianza. Afortunadamente no lo hicieron.

—Se siente bien.

El doctor suspiró y le dedicó a mi padre una sonrisa.

—No hay mayor motivador que la palabra hogar. — Entonces me miró—. ¿Qué tal si sacamos tu catéter?

Quitarme un catéter no fue muy divertido, pero estar libre de él fue un gran alivio.

Un paso más cerca de volver a casa.

Volví a sentarme en el borde de la cama, con los pies en el suelo, y Tully y mi enfermera me sujetaron mientras me levantaba.

Mi padre se quedó allí, pareciendo completamente impotente, pero sonrió cuando me puse en pie.

Logré dar unos pequeños pasos, pero no podía estar de pie por mucho tiempo, y aunque la idea de irme a casa sonaba como el cielo, sabía que, de manera realista, al menos otra noche en el hospital probablemente sería una buena idea.

Estaba tan increíblemente cansado.

Esta pequeña cantidad de esfuerzo me había quitado mucho, y mi enfermera vigilaba de cerca cada máquina a la que estaba conectado. Cuando me trasladaron a una sala normal, apenas podía mantener los ojos abiertos.

Todavía estaba conectado a un monitor cardíaco, pero nada más.

Un paso más cerca de volver a casa.

Tully puso su mano en mi mejilla.

—Jem, necesitas dormir un poco —dijo suavemente.

Dado que él había hecho y dicho esto delante de mi padre, debería haber estado avergonzado. Mi viejo yo se habría horrorizado, y mi padre parecía como si hubiera presenciado algo increíblemente privado.

Pero todo lo que podía hacer era sonreír. Sostuve la mano de Tully en mi rostro y suspiré.

—Estoy cansado.

—Entonces nos iremos —dijo Tully—. Y estaremos de regreso temprano mañana, y caminaremos un poco más. Por mucho que quiera que vuelvas a casa, no vamos a apresurarnos. El tiempo que sea necesario, ¿de acuerdo?

Asentí, exhausto.

—Claro.

Besó mi sien.

—Te amo.

Nuevamente, frente a mi padre.

—También te amo —dije luchando por mantener los ojos abiertos—. A ti también te amo, papá.

Primera vez en mi vida que le había dicho esas palabras.

Quería tanto ver su rostro, pero mis ojos me traicionaron. Después de un largo lapso de silencio, su cálida mano apretó mi brazo.

—Duerme bien, hijo.

Estaba tan feliz, incluso en mi estado casi dormido.

Entonces la voz de Tully, desvaneciéndose mientras se alejaban, dijo:

—Así que, necesito explicarte algo antes de que lleguemos a mi casa. Tengo un hermano, Ellis…

ME DESPERTÉ POCO DESPUÉS DE LAS CINCO DE LA MAÑANA, hambriento y decidido.

Me iba a casa hoy.

Sabía que sería difícil y que tendría que tomar precauciones y ser sensato. Pero estaba decidido a obtener el visto bueno de mi médico.

Me había perdido la cena familiar anoche, bueno, la cena con la familia de Tully y mi padre, y no quería perderme nada más.

Estaba seguro de que todo salió bien. Sabía que mi padre estaría abrumado, pero amable y, por supuesto, los Larson lo cuidarían de la mejor manera.

Ojalá hubiera estado allí para verlo.

Entonces, si me iba a casa hoy, necesitaba comenzar temprano.

Ahora tenía una nueva enfermera, junto con la nueva habitación, la nueva sala, todo nuevo. Cuando llamé a un asistente, una mujer robusta de mediana edad entró con una sonrisa.

—¿Todo bien, señor Overton?

No me molesté en corregirla por mi apellido, simplemente la traté de manera informal.

—Sí. Me gustaría usar el baño y tal vez darme una ducha. Antes del ajetreo del desayuno, si te parece bien. Ha sido un número vergonzoso de días desde la última vez que me duché. —Intenté sentarme en el borde de la cama, con los pies en el suelo—. Mi… marido… y mi padre estarán aquí a primera hora y me gustaría estar presentable. Y preferiblemente no tener aliento de pantano.

Ella rio.

—Entonces vamos a ducharte y a oler a menta fresca.

Y si pensaba que tomar una ducha caliente después de cinco días en el búnker era el cielo, entonces esta ducha estaba fuera de este mundo.

Incluso si estaba sentado en una silla completamente desnudo y tenía una enfermera vigilándome.

Esa agua caliente, la cuchilla de afeitar, el jabón, la pasta de dientes…

El. Cielo. En. La. Tierra.

Para cuando entraron Tully y papá, yo estaba sentado en la cama, con el pelo recién lavado, con una bata limpia, comiendo una tostada integral.

Tully miró dos veces cuando me vio. Puso una bolsa al lado de la cama y me miró de arriba abajo.

—Eh, disculpe, puede que usted sea increíblemente guapo, sí, y la ropa es favorecedora, pero estoy buscando a Jeremiah Overton.

Resoplé ante su término para mi bata de hospital.

—¿Quién es este hombre nuevo? —dijo besando mi cabeza.

Me reí.

—Lo encontré en la ducha. Fue la mejor ducha de mi vida.

Tully estuvo a punto de comentar sobre eso, con toda probabilidad algo grosero, pero hice un punto de ignorarlo y miré a mi padre en su lugar.

—Buenos días —dije. Estaba de pie al final de mi cama y sonriendo, lo que me hizo increíblemente feliz de ver—. ¿Qué tal estuvo anoche la cena?

Miró brevemente a Tully y luego a mí.

—Fue muy agradable.

Miré entre ellos.

—¿Dónde está el "pero"? ¿Qué pasó?

Tully se rio.

—Nada. Todo fue genial. Mamá se aseguró de que todos se hubieran ido a las ocho y media y que Ellis se comportara lo mejor posible.

Papá sonrió, asintiendo.

—Me pareció que Ellis fue educado y de buenos modales.

—¿Buenos modales? —Estudié el rostro de Tully en busca de un toque de humor—. ¿Sin insultos, sin lucha libre, sin eructos? ¿Ninguna amenaza de daños corporales graves?

Tully se rio.

—Todas las amenazas de daños corporales se dieron antes de que llegáramos. Mamá lo dejó bastante claro. Ellis fue bueno. Y cuando todos se fueron, salió para ver a Grace.

—¿Ah? ¿Las cosas van bien, espero?

Tully chasqueó la lengua.

—Todos tenemos esperanza. Por el bien de todos nosotros. —Luego me frotó el brazo, el hombro—. ¿Te sientes bien hoy? ¿Cómo están tus pies? —Echó un vistazo a mis plantas de los pies—. Parece que están bien. ¿Has estado de pie y has caminado bien?

—Fue manejable. Sólo estoy dejando que se sequen correctamente. Aparte de mis pies, ducharme y caminar requirió un esfuerzo y energía considerables, y creo que pronto tomaré una siesta. Pero… —Me encontré con la mirada de Tully—. Realmente me gustaría volver a casa hoy.

Tully sonrió y recogió la bolsa.

—Te traje algunas cosas, en caso de que hoy fuera el día. —Luego miró a mi padre, luego a mí—. Iré a buscarnos un café. Sr. Overton, ¿negro con un azúcar?

—Eso sería genial, gracias.

Me dio un beso sonriente en la sien y me dejó solo con mi padre.

—Entonces, honestamente dime, ¿Qué tal te fue anoche?

Papá seguía sonriendo, algo que no veía muy a menudo en él.

—Fue muy agradable. En serio. Todos son encantadores. Quiero decir, había muchos niños y ruido. Pero la locura es parte del encanto, ¿verdad?

Me reí.

—Lo es.

—Y su casa…

Eso me hizo reír.

—Lo sé. Es muy grande y cara.

—Supongo que tienen mucho dinero —dijo en voz baja—. No es que lo exhibieran ni nada. En realidad, son personas muy centradas. Pero bueno, ya sabes…

Y lo *sabía*. Cuando crecías y vivías solo con lo esencial, y a veces ni siquiera eso, era fácil identificar a alguien con dinero. Y no se trataba solo de los coches llamativos o las joyas costosas. Mucho de eso era comportamiento que provenía de un privilegio del que ni siquiera eran conscientes.

—Lo sé —respondí—. Cuando conocí a Tully, vestía ropa vieja y conducía un viejo Jeep abollado. Luego me llevó a su casa. Fue complicado separar quién era de quien supuse que era. Pero es un chico normal, papá. Todos ellos lo son.

Se encogió de hombros.

—Dijeron que el negocio familiar era el transporte de mercancías. No estoy seguro de saber qué empresa es.

—¿Conoces los contenedores de envío y los cargueros con el casco de caballero?

Él asintió, luego sus ojos se abrieron como platos.

—¿*Esos* Larson?

Me reí.

—Sí. No te preocupes, casi me muero cuando me llevó a su oficina y me di cuenta. Nunca me había dicho quién era su familia. Solo dijo que trabaja en importaciones y exportaciones. Lo cual no es mentira. Simplemente no lo alardean. En realidad, no creo que a Tully se le ocurra alardear de ello.

Papá todavía estaba desconcertado.

—Bueno, yo nunca… No tenía ni idea.

Sonreí y palmeé su mano.

—Prueba de que solo son personas normales.

Él asintió, luego recordó algo.

—Ah, conocí a tu pájaro, el Sr. Percival. Es una cosita descarada.

—Muy descarada. —Me alegré de poder descansar la cabeza en la cama. Había hecho mucho esta mañana y ya estaba cansado de nuevo, aunque apenas eran las 7:30 de la mañana—. Es un auténtico personaje.

—¿Quieres que baje un poco tu cama? —preguntó preocupándose por mí comodidad—. Puedes cerrar los ojos un rato.

—Tal vez más tarde —dije—. Me alegra que estés aquí.

Sus ojos se encontraron con los míos brevemente antes de apartar la mirada otra vez, avergonzado.

—Yo también me alegro de estar aquí.

—¿Cuánto tiempo te vas a quedar?

—Tres días. Es todo lo que pude conseguir en el trabajo.

Siempre había trabajado muy duro, y eso me ayudó a tomar una decisión.

—Realmente necesito irme a casa hoy.

Tully entró con una bandeja de cafés y una sonrisa que me hizo latir el corazón. Miré la máquina; no sonó un pitido, pero hubo un pico.

Hizo reír a Tully.

—Definitivamente voy a conseguirnos una de estas máquinas. ¿Crees que nos dejarán quedarnos con esta?

—Altamente improbable.

Nos entregó nuestros cafés.

—El tuyo es con leche descremada —dijo—. Ahora somos personas saludables para el corazón.

Oh, buen señor.

—¿Vas a vigilar cada cosa que coma y beba por el resto de mi vida?

Sonrió.

—Ese es el plan.

No había tenido la intención de insinuar nada con *"el resto de mi vida"*, pero el brillo en sus ojos y la suavidad de su tono implicaban exactamente eso.

Luego se sobresaltó, como si acabara de recordar algo. Cogió la bolsa y sacó una camiseta.

—Tu camiseta de salida del hospital.

Era la camiseta de "Amo la Polla".

Porque claro que lo era.

Le dio la vuelta para mostrársela a mi padre, cuyos globos oculares casi se le caen de la cabeza.

—Dios mío.

Tully se limitó a reír, sin vergüenza, tampoco con mucho decoro.

—Hoy es el mejor día de todos.

CAPÍTULO CATORCE

TULLY

El padre de Jeremiah se parecía tanto a Jeremiah que no era gracioso.

Compuesto, tranquilo, siempre pensando, evaluando y seriamente introvertido. Inteligente, también. Pero también era cortés y amable.

Y debajo de ese exterior duro había un gran malvavisco blando.

No esperaba que se echara a llorar cuando vio por primera vez a Jeremiah en el hospital. Para ser honesto, creo que su demostración externa de emoción sorprendió a todos, incluido él mismo.

Pero me calentó el corazón verlo.

Estaba muy feliz de dejarlos solos por un tiempo para hablar. Finalmente, veintitantos años demasiado tarde, pero más vale tarde que nunca.

El "Jeremiah" que amaneció en el hospital era un hombre nuevo. Después de casi morir dos veces, la primera cuando fue alcanzado por un rayo y la segunda cuando su maldita arritmia casi lo dejó sin vida, estaba decidido a decir lo que sentía.

Me había dicho que me amaba. Varias veces, hasta ahora. Y lo había dicho delante de otras personas. Incluso su padre.

Como si le hubieran dado una segunda oportunidad en la vida y no fuera a perder ni un minuto.

Le dijo a su padre que también lo amaba.

Lástima que tuviese que estar a punto de morir para hacerlo, pero vaya, qué transformación.

Suponía que ser tocado por un rayo haría eso.

Pero su padre...

Si hubiese tenido que adivinar cómo sería el padre de Jeremiah, me lo hubiera imaginado exactamente como era.

Estoico, inseguro de la gente, modesto y feliz de pasar desapercibido.

Después de todo, ¿qué tan lejos podría caer la manzana del árbol?

Sin embargo, ahí estuvo con mi familia, donde fue el invitado de honor, fuera de su zona de confort por los niños corriendo por la casa, los adultos charlando y riendo, y una montaña de comida; pero mis padres lo tranquilizaron.

Papá le habló de fútbol y mamá le habló de cosas cotidianas intrascendentes. Eran profesionales en este tipo de reuniones; hacer que la gente se sintiera cómoda, mostrando amabilidad y encanto hicieron que el Sr. Overton se sintiera como en casa.

Era trabajador de una fábrica y lo había sido durante más de treinta años. Había vivido en la misma casa en

Melbourne todo ese tiempo. Nunca mencionó a la madre de Jeremiah, y tal vez no tenía por qué hacerlo. La tristeza en él estaba en sus ojos, y recordé lo que había dicho Rowan.

Él también lo recordaba claramente, porque cuando estuvimos en el asado en el patio, me pasó una cerveza. No dijo nada, solo me sonrió y asintió, tal vez diciéndome que había hecho lo correcto al invitar al Sr. Overton a quedarse, tener una cena familiar y entender realmente por qué era como era. Luego me dio una palmada en el hombro y volvió a arbitrar el juego Twister de sus hijos.

Tampoco podría haber imaginado que encontraría puntos en común con Rowan, pero a través de toda esta terrible experiencia, él había sido todo lo que necesitaba que fuera. Tal vez siempre lo había sido, y yo había sido demasiado inmaduro y ensimismado para verlo.

Sí, tal vez yo también había aprendido una valiosa lección.

—¿Qué estás pensando? —preguntó Jeremiah.

Debí haberme distraído, porque su padre y él me estaban observando.

—Poco. Solo que, entre ciclones y rayos, creo que he terminado con las lecciones de vida por un buen tiempo. Listo para pasar un rato tranquilo, donde todo es acogedor y aburrido.

—Acogedor y aburrido suena genial —dijo Jeremiah apretando mi mano.

—¿Cuánto falta para que venga el médico?

—Cinco minutos desde que preguntaste la última vez.

Gemí como el niño que era, aparentemente.

—Voy a ir a buscarlo.

Me puse de pie justo cuando se abría la puerta y entraba el médico… empujando una silla de ruedas.

—¡Hurra!

Sí. De hecho, dije hurra.

No estaba ni remotamente avergonzado.

—Lamento haberos hecho esperar —dijo el médico—. Teníamos que esperar a la hora del alta.

Ayudé a Jeremiah a ponerse de pie y lo coloqué en la silla de ruedas.

—¿Te sientes bien?

Me sonrió, cansado pero muy feliz de irse.

—Sí.

El doctor miró la camiseta de Jeremiah.

—Bonita camiseta.

Jeremiah puso los ojos en blanco y me hizo un gesto, como si eso explicara todo.

Puse mi mano en mi corazón.

—Soy un gran fanático de *Dick*.

—Van Dyke —agregó Jeremiah—. Olvidaste el Van Dyke.

Resoplé, porque no lo olvidé en absoluto, y el pobre señor Overton agarró la bolsa y los globos, ofreciéndole al médico una sonrisa de disculpa.

El doctor se rio, luego le entregó a Jeremiah una bolsa transparente con varios frascos de píldoras y lo que parecían instrucciones.

—Nos vemos en dos semanas. Lleva un diario de tus latidos por minuto y presión arterial. No lo olvides.

—No lo olvidará —dije—. Dibujé una tabla para ese

tipo de cosas. Tiene estrellas codificadas por colores y todo.

Jeremiah apretó los labios y suspiró.

—Llevaré un diario. Gracias, doctor.

Intentó salir él mismo.

—Oye —dije agarrando las manijas—. Déjame hacer esto.

Salimos del hospital y salimos al sol. Cerró los ojos e inclinó la cara hacia el calor.

—Oh, eso se siente tan bien.

Le di un momento para disfrutarlo.

—¿Listo para ir a casa? El coche está justo ahí.

Asintió y me dejó ayudarlo a sentarse en el asiento del pasajero, después me dejó ayudarlo a bajar del coche y entrar en la casa. Luego lo ayudé a sentarse en el sofá. Le traje una manta, una bandeja con bebidas y aperitivos bajos en sodio y algo de fruta, y el mando a distancia.

—Usa el baño de abajo y no intentes subir esas escaleras sin mí, ¿de acuerdo? —Revisé las persianas—. ¿Están lo suficientemente abiertas? ¿Te gustaría que estuvieran cerradas?

Jeremiah se rio.

—Tully, estoy bien, gracias. Todo está perfecto.

Saqué al Sr. Percival de su jaula y rápidamente se posó en mi dedo, graznando que ya era hora. Lo acompañé hasta Jeremiah.

—Aquí está este pequeño. Te extrañó. —El Sr. Percival estuvo de acuerdo y se abalanzó sobre el sofá, luego saltó junto a Jeremiah mientras coreaba su alegre canto de urraca.

Jeremiah se rio cuando el Sr. Percival saltó sobre su hombro y le dio un picotazo en el cuello y luego trató de robar un trozo de manzana.

—Ah, es bueno estar en el hogar —dijo Jeremiah. Estaba cansado, eso era bastante obvio, pero aún no había dejado de sonreír.

No me perdí la forma en que su padre captó la palabra hogar y su comprensión de lo que significaba.

Este era el hogar de Jeremiah ahora.

Esta casa. Darwin.

Yo.

Su padre se unió a él en el sofá y le sonrió al pájaro picarón que estaba tratando de robar más manzana.

Decidí que ahora era un buen momento como cualquier otro. Y sabía que Jeremiah probablemente se enfadaría, pero…

—Espera que te traje algo —le dije.

Jeremiah me observó mientras rodeaba el sofá, sosteniendo una bolsa Apple blanca y una bolsa de papel marrón.

Me senté en la mesa de café frente a él.

—Y no se te permite enfadarte por tu presión arterial y frecuencia cardíaca, así que…

Su mirada pasó de la bolsa de Apple a mi cara.

—¿Qué compraste?

Se lo entregué.

—Técnicamente, Ellis lo compró. Quiero decir, le pedí que lo hiciera y era mi tarjeta, pero él hizo la compra, así que tienes que estar enfadado con él y no conmigo.

Sacó la primera caja. Era un teléfono nuevo. Y un reloj nuevo.

—Los tuyos acabaron irreparables —le dije, ahora dándole la bolsa de papel marrón—. El hospital me los dio. Y la ropa que llevabas. Pero pensé que te gustaría ver esto.

Dentro estaban su viejo teléfono, su reloj y la correa para el pecho.

—Ninguno de ellos funciona. Y el dependiente de la tienda de Apple dijo que el teléfono estaba realmente frito. Como que, parte de los circuitos se derritieron en el interior. Quería saber si había sido calentado en el microondas. —Me encogí de hombros—. Ellis dijo que sí. A bastante temperatura. Sí.

Jeremiah estaba en silencio mientras giraba su viejo teléfono en su mano, inspeccionándolo.

—Incluso la tarjeta SIM estaba inservible —agregué —. No pude volver a emitir tu número en una nueva SIM porque no estabas conmigo, así que ahora tendrás un nuevo número.

Él asintió, luego encontró mi mirada.

—Gracias.

—Al menos esos reporteros de noticias no te llamarán.

Él sonrió con tristeza.

—Cierto.

Luego miró el reloj, la pulsera, la pantalla negra. Intentó encenderlo y suspiró cuando no pasó nada.

Sacó la correa del pecho y, sin siquiera mirarla, la puso en el sofá a su lado.

—¿No compraste otro de estos? —preguntó. Había una chispa de humor en sus ojos.

Le sonreí.

—Está en pedidos pendientes.

Me dio una sonrisa cansada hasta que su padre tomó el teléfono viejo.

—Debe haber sido un infierno de descarga para freír un teléfono. Y un reloj —dijo el señor Overton en voz baja—. Tuviste mucha suerte, ¿eh?

—Sí —susurró Jeremiah. Sus ojos se clavaron en los míos y sonrió—. De hecho, soy muy afortunado.

Apenas podía mantener los ojos abiertos, así que moví la bandeja de comida y puse la manta sobre él.

—Duerme un poco.

Asintió, con los ojos ya cerrados, y dos segundos después, estaba grogui.

Llevé la bandeja a la cocina y el señor Overton me siguió. Estaba nervioso y claramente tenía algo que decir. Le di tiempo para poner sus pensamientos en orden.

—Nunca te agradecí —dijo moviendo las manos, luego cruzándose de brazos, luego descruzándolos de nuevo—. Hubiera sido una historia muy diferente si no fuera por ti. Estabas allí con él cuando sucedió, y me dijo que le salvaste la vida.

—Yo estaba con él. No sé si le salvé la vida, pero llamé a evacuación médica. —Me estremecí ante el recuerdo—. Me asustó muchísimo, no voy a mentir.

—Lo quieres mucho —dijo. No era una pregunta—. Puedo verlo.

Jesús. Esta no era la conversación que esperaba tener con su padre.

—Sí.

Él sonrió con tristeza.

—Me alegro. —Luego tragó saliva y mantuvo la mirada fija en las vistas del océano a través de la ventana—. Pasó toda su vida estudiando, leyendo, investigando. Nunca fue un niño muy sociable. Me preocupaba que fuera mi culpa. Yo trabajaba por turnos y él estaba mucho tiempo solo en casa. Y cuando me dijo por primera vez que le gustaban los hombres, me preocupé aún más por él.

Mierda.

—Pensé que estaría destinado a estar solo como yo, y no quería eso para él. Quería que tuviera una familia y que supiera lo que era el amor. —Se giró para mirarme, haciendo contacto visual por un segundo antes de mirar hacia otro lado, haciendo una mueca con una sonrisa. No era fácil para él decir esto, pero con una respiración profunda, continuó—. No tenía que haberme preocupado, porque él tiene eso contigo. Lo tiene todo. Todo lo que quería para él. Lo tiene aquí.

Mmm. *Aquí.*

—Está muy lejos de casa —le ofrecí—. Pero ¿y si vamos a Melbourne una vez al año? Y puedes venir cuando quieras y quedarte aquí todo el tiempo que desees. Sólo dime las fechas y lo haré realidad. A Jeremiah le gustaría. Solo he estado en Melbourne una vez. Fue hace un tiempo. Tal vez podríamos ver un partido de fútbol.

Él sonrió genuinamente.

—Eso sería bueno. A mí también me gustaría.

Nos quedamos callados, y no estaba seguro de qué decir. Había recorrido todo este camino para enterarse de que casi había perdido a su hijo de la misma manera que había perdido a su esposa, y ahora lo estaba perdiendo por mí.

—Él es más feliz aquí —dijo finalmente—. En Darwin. Nunca fue realmente feliz donde estaba. Como si estuviera constantemente yendo contra la corriente. Sus colegas eran un grupo polémico. Nunca se llevó bien con ellos.

—Eran un montón de imbéciles que nunca lo apreciaron. —Me miró, sobresaltado, y todo lo que pude hacer fue encogerme de hombros—. Es cierto.

Él sonrió y se quedó callado de nuevo, su mirada hacia el mar.

—Tú… ¿Alguna vez te cansas de la vista?

Me reí.

—Nunca.

—Tampoco puedo decir que lo haría.

No me había dado cuenta de cuánto había extrañado dormir junto a Jeremiah hasta que lo ayudé a meterse en la cama, deslizándome a su lado, abrazándolo con fuerza. Su cabeza estaba sobre mi pecho, mis brazos alrededor de él, y algo se asentó en mis huesos.

Algo que se sentía como volver a casa.

—Te extrañé mucho —murmuré. Era tarde y trató de mantenerse despierto después de la cena, pero volvió a quedarse dormido en el sofá hasta que lo ayudé a subir y acostarse—. Echaba mucho de menos esto.

Él tarareó.

—El doctor dijo que nada de sexo por un tiempo. Nada arduo, de todos modos.

Resoplé.

—Entonces, ¿tener competencias sobre quién puede obtener la frecuencia cardíaca más alta está descartado?

—Creo que gané ese juego.

Le di un apretón y besé la parte superior de su cabeza.

—No me importa lo del sexo —admití—. Sucederá cuando estés listo. Me alegro de que estés aquí. Acostarme en la cama contigo de esta manera es suficiente para mí.

Besó mi pectoral.

—Me alegro porque acostarme aquí es todo lo que soy capaz de hacer.

Me reí.

—Te amo.

Suspiró y se acurrucó un poco más cerca.

—Yo también te amo. Te estoy muy agradecido. —Su voz se hizo más lenta, más tranquila, mientras se dormía—. Cada pequeña cosa. Amo cada pequeña cosa tuya.

Besé su frente esta vez y sonreí al techo.

—También amo cada pequeña cosa de ti.

Ver a Jeremiah hablar con su padre y verlos sonreír me hizo feliz de una manera que no podría describir.

¿Toda su relación se arregló mágicamente de la noche a la mañana? No. Pero fue un puto comienzo realmente bueno.

Incluso cuando tuvo que despedirse de su padre en el aeropuerto, Jeremiah seguía sonriendo. Quiero decir, estaba un poco triste de verlo partir, y se habían dado un abrazo de despedida, pero cuando lo metí en el coche después de que vimos despegar el avión, dejó caer la cabeza sobre el reposacabezas y me sonrió.

—¿Estás bien?

—Sí. —Me tendió la mano, que me apresuré a tomar—. Estoy bien. Sabes, creo que estaremos bien.

Besé sus nudillos.

—Creo que tú también lo estarás.

—Y tú y yo —agregó—. Creo que nosotros también estaremos bien.

—Puedes apostar tú trasero a que lo estaremos.

Él resopló.

—¿Podemos pasar por mi oficina?

—¿Seguro?

Asintió con una sonrisa cansada.

—Sí. Solo quiero verla.

—Bueno.

Así que lo llevé a su oficina. La puerta estaba abierta, la moto de Doreen estaba debajo de la parte cubierta y una camioneta utilitaria estaba estacionada al lado. Parecía la furgoneta de un electricista, con escaleras y equipo encima.

Doreen salió y sonrió cuando vio que éramos nosotros. Su camiseta tenía una imagen de una botella con forma de gato con las palabras *Licor de Gatito*. Salí de mi coche riendo.

—Posiblemente mi camiseta favorita hasta ahora.

Ella la miró.

—A que mola, ¿no? —Luego miró a Jeremiah—. ¿Qué estás haciendo aquí?

—Solo pensé en visitar el pasado. No me quedo. —Señaló con la cabeza la furgoneta—. Ya veo que el trabajo ha comenzado.

—Primeros días. Pero sí, está arreglando algo relacionado con la red eléctrica y un nuevo transformador. —Negó con la cabeza y se encogió de hombros—. Necesitaba una instalación completa para tus nuevas computadoras y esas cosas.

Jeremiah obviamente estaba complacido de escuchar esto.

—Gracias por estar aquí. Debería estar de vuelta en el trabajo pronto.

—Eh —objeté—. El doctor dijo dos semanas.

—Sí, dos semanas hasta el trabajo a tiempo completo. No dijo nada sobre llamar y verificar el progreso. No es como si pudiera ayudarlos o hacer algo.

—Tómatelo con calma —dijo Doreen—. Puedo venir y abrirles la puerta. No es que esté ocupada estos días.

—Lo aprecio mucho…

—¿Estás discutiendo conmigo, hijo?

Él suspiró.

—No.

Ella asintió victoriosa.

—Bien.

Tosí para ocultar mi risa, y Jeremiah sacó su teléfono de su bolsillo.

—Tengo un nuevo número, si necesitas llamarme.

—Deja que coja el mío —dijo desapareciendo de nuevo en el interior.

Después de grabar números de teléfono y una actualización rápida sobre la calle: Arty todavía era un viejo cabrón obstinado, y el trabajo había comenzado en la casa de Casey y Presley; era hora de que Jeremiah se fuera a casa.

—Ojalá no estuviera tan cansado —se quejó.

—Lo sé, nene. Pero estás mejorando día a día. Te acomodaremos en el sofá y podrás tomártelo con calma. Cenaremos temprano. —Lo ayudé a entrar—. ¿Qué te parecen pizzas caseras? Tengo bases de pita y queso bajo en grasa.

Resopló.

—Me parecía bien hasta que llegaste a la parte del queso bajo en grasa.

Ellis nos recibió en la sala de estar. Justo se dirigía a alguna parte.

—¿Esa es la cena esta noche?

—Sí, pizzas caseras. ¿Por qué?

Hizo una mueca, sonrojándose un poco.

—Bueno, le pregunté a Grace si quería venir a cenar esta noche.

Le sonreí.

—Oh, eso suena muy… doméstico. ¿Se quedará toda la noche?

Sus ojos se estrecharon hacia mí.

—Escucha, gilipollas…

Me reí.

—Solo te estoy provocando. Esas son buenas noticias, Ellis. Me alegro de que estés arreglando las cosas con ella.

Me estudió durante un largo rato.

—¿Puedes guardarte esa mierda delante de ella? ¿Acerca de lo imbécil que fui sin ella? O tratar de avergonzarme. O a ella. —Apretó los dientes—. Te juro por Dios, Tully, que si me avergüenzas…

—Desplegaré mi mejor comportamiento. —Le di un saludo militar—. Prometido.

—Me aseguraré de que se comporte bien —dijo Jeremiah.

Ellis suspiró.

—Voy a comprar algunas cosas. ¿Necesitáis algo para las pizzas?

—Pan de ajo y queso de verdad serían geniales —dijo Jeremiah mientras caminaba hacia el sofá.

—Cariño —comencé—. Tienes que cuidar tu corazón.

—El pan de ajo y el queso de verdad me alegrarían el corazón —murmuró—. Y tal vez me den energía para más tarde.

Observé la parte de atrás de su cabeza.

¿Acababa de…?

—¿Acabas de insinuar…? ¡Jeremiah! —Frente a mi hermano.

Querido Dios.

Ellis resopló.

—Estoy bastante seguro de que lo hizo, sí.

Genial entonces.

—Bueno —lo permitiría. Asentí a Ellis—. Consíguele pan de ajo y queso de verdad.

Se rio mientras caminaba hacia la puerta.

—Oh, se supone que habrá tormenta esta noche —gritó antes de irse.

Mmm.

Me senté en el sofá con Jeremiah, acurrucándome para que los dos cupiéramos, y nos tapé con la manta.

—¿Escuchaste? Se supone que habrá tormenta esta noche.

Sus ojos permanecieron cerrados, me frotó la espalda y la comisura de su boca se levantó muy levemente.

—Noche perfecta para quedarse en casa.

—Tú, yo y la pizza —dije con un suspiro—. Y una tormenta fuera. A mí también me parece perfecto.

Estuvo en silencio durante un largo rato.

—Quiero ver tormentas contigo —murmuró—. Pero todavía no estoy listo para salir en medio de una.

Le di un apretón.

—Está bien, Jem.

—Puedo teneros a ambos, ¿verdad? —susurró.

Dios mío, sí.

—Seguro que puedes tener ambos.

—Lo que dijiste era cierto, y Doreen. Ella dijo lo mismo. Todavía puedo ir a ver tormentas contigo. Pero no volveré a ser imprudente. Ni con mi corazón, ni con el tuyo.

Suspiré feliz.

—Eso es todo lo que siempre quise.

EPÍLOGO
TULLY

DOS AÑOS DESPUÉS

Paul y Derek habían tenido suerte de no sufrir daños reales durante el ciclón Hazer. Estaban lo suficientemente lejos como para no estar en su camino directo, y habían sufrido daños mínimos.

Gracias a Dios.

Detenerme en su campamento me emocionó tanto como siempre. Incluso más, probablemente, ahora que Jeremiah estaba conmigo. También habíamos venido al comienzo de la temporada de lluvias el año pasado.

Ese viaje había sido la primera verdadera salida de Jeremiah en medio del furor.

Casi diez meses después de su roce con un rayo, quería venir al búnker conmigo. Estaba asustado y nunca puso un pie fuera del búnker tan pronto como hubo una nube en el cielo, pero estuvo allí conmigo.

Y eso fue todo lo que siempre quise.

No necesitaba que fuera un científico. Solo necesitaba que él fuera feliz, y estar aquí lo hacía feliz.

Así que ahora estábamos de regreso, dos años después del rayo. Teníamos equipo suficiente para una semana, pero si teníamos que irnos antes, que así fuera. Se suponía que el clima sería cálido y húmedo con tormentas por la tarde.

Perfecto.

Y mi secreto, mi sorpresa, la pequeña caja en mi bolsa de lona se sentía como un gran elefante en el Jeep con nosotros. Quería decírselo... Quería enseñárselo...

—¿Estás bien? —preguntó Jeremiah.

Apagué el motor y le di una sonrisa.

—Estoy genial.

Paul salió, sosteniendo dos grandes contenedores apilados uno encima del ótro. Vio que éramos nosotros y sonrió.

—Hola, extraños.

Salimos del Jeep, Jeremiah se apresuró a quitarle el contenedor superior.

—Espera, déjame ayudarte.

—Gracias.

Los seguí hasta la cocina al aire libre.

—¿Qué tal estáis? —preguntó Paul—. Tú, Jeremiah... —Lo miró de arriba abajo—. ...te ves muy bien. No más roces con la muerte, supongo.

Rio.

—No, afortunadamente.

Deslicé mi mano a lo largo de la parte baja de su espalda. La verdad era que Jeremiah se veía bien. Real y jodidamente muy bien. Era feliz. Su nueva oficina era un sueño hecho realidad y ahora tenía otros dos empleados. Howard y Georgia eran jóvenes e inteligentes, muy motivados y aportaban una gran energía a la oficina. Y ambos admiraban mucho a Jeremiah. Ellos lo respetaban.

Era una oficina llena de nerds meteorológicos, pero Jeremiah llegaba a casa alucinado en lugar de cabreado. También hablaba con su padre más que nunca. Habíamos estado en Melbourne tres veces y su padre había vuelto a Darwin dos veces desde la primera vez.

También tenía una jodida vida sexual estelar, podría añadir.

Así que cuando Paul dijo que Jeremiah se veía bien, no estaba equivocado.

Derek salió de su tienda, la más cercana a la cocina.

—Pensé que había escuchado voces —dijo—. Bienvenidos de nuevo.

Todos nos dimos la mano y nos saludamos, y diez segundos después, Jeremiah y Derek estaban fuera, mirando a través del telescopio de Derek.

—¿Qué tal está? —preguntó Paul en voz baja—. No ha habido complicaciones, ¿verdad?

Sabían todo acerca de las posibles complicaciones médicas y de salud a largo plazo que se derivan de ser alcanzado por un rayo. Algunos casos tardaban meses o años en desarrollarse, como cataratas y complicaciones de órganos.

—Ninguna, gracias a Dios. Ha sido genial. Pasa todos sus exámenes físicos con gran éxito.

—¿Y cómo está ahora con las tormentas?

Asentí.

—Mejor. Todavía no saldrá a ellas. No puedo decir que lo culpe.

—Pero está aquí —ofreció Paul—. Ha venido a acampar al búnker durante una semana en temporada de tormentas.

Me reí.

—Sí. Todavía ama las tormentas. Y todavía estudia los datos. Ahora está más seguro, lo cual, para ser honesto, es algo bueno. No más locuras. —Suspiré—. No voy a mentir, ¿una semana sin interrupciones, sin trabajo, sin familia entrometida, solo nosotros, una cama y una tormenta todas las tardes? No va a dejar pasar eso.

Pensé en contarle a Paul mis planes, mi sorpresa para Jeremiah, pero por alguna razón no lo hice. Ahora habría sido el momento perfecto, y quería decírselo a alguien, pero la única persona a la que realmente quería decírselo era a Jeremiah.

Paul sonrió con un brillo descarado en sus ojos.

—Sí, sobre eso. Cuando dije que se ve bien, honestamente, si fuera posible, diría que está embarazado. Está resplandeciente.

Me reí lo suficientemente fuerte como para que Jeremiah y Derek se giraran para mirarnos.

—Bueno, seguimos intentándolo —dije frotándome la barriga—. Nosotros dos.

Paul echó la cabeza hacia atrás y se rio.

—Que no sea por falta de intentarlo.

—Absolutamente no. —Le di un asentimiento—. ¿Y vosotros dos?

Paul miró hacia donde estaba Derek y suspiró, con

una sonrisa serena en su rostro.

—Estamos muy bien. Él está bien.

Los dos nos quedamos allí sonriendo, como dos tontos enamorados.

—Oh, mira esto —dije sacando mi teléfono—. Tuvimos algunos visitantes la semana pasada.

Le enseñé las fotos de dos urracas adultas en la baranda del patio con dos polluelos adolescentes.

—Alguien consiguió una familia.

Paul miró las fotos y luego a mí.

—¡De ninguna manera! ¿Ese es el pájaro que estabais cuidando?

Asentí.

—El Sr. Percival.

Habíamos dejado su jaula en el balcón, como había sugerido Jem, con la puerta abierta para que el Sr. Percival pudiera entrar y salir cuando quisiera. Sus días fuera se hicieron más largos hasta que pasaron algunos días en los que no lo veíamos, y luego incluso más.

Pero el año pasado había regresado con una amiga, como si estuviera trayendo a su novia a casa para conocer a sus dos papás.

Y luego, este año, hubo bebés.

—Eso es lo mejor —dijo Paul.

—Sí, es bastante increíble. Jem estaba emocionado.

—Podría ser el momento de dar el paso y convertirse en papás de perros o gatos.

Resoplé. Tal vez...

—Hablando de dar el paso, ¿tienes todo organizado?

Su sonrisa estaba de vuelta.

—Sí. No hay mucho que organizar para ser honesto. Y vosotros reservasteis, fue el momento perfecto. Realmente lo apreciamos.

—Es nuestro privilegio. —Le di una palmada en el hombro—. Dime lo que hay que hacer.

EL MINISTRO LLEGÓ ANTES DE LA PUESTA DEL SOL, Y EN EL borde de la cresta, con vistas a los vastos humedales de abajo, el cielo una gloriosa paleta de rosas, naranjas y amarillos, Jeremiah y yo fuimos testigos de la boda de Paul y Derek.

No pude evitar mirar a Jeremiah mientras hablaban de amor y para siempre, mientras prometían amarse y cuidarse el uno al otro durante todos sus días.

Jeremiah, bajo la luz del sol pastel que se desvanecía, era una de mis vistas favoritas en el mundo. El Jeremiah mojado, el Jeremiah caliente y sudoroso, y el Jeremiah excitado también eran mis tipos favoritos de Jeremiah.

Incluso el Jeremiah enfadado y el Jeremiah molesto.

Los amaba a todos.

Pero allí, contra el telón de fondo más hermoso, estaba el hombre más hermoso. Claro, la boda de Paul y Derek fue encantadora, pero maldita sea…

Jeremiah.

—Sí, acepto —dijo Paul, haciéndome prestar atención.

—Sí, acepto —repitió Derek, besando suavemente a Paul—. Ahora y para siempre.

Y entonces, justo así, se casaron.

Jeremiah y yo aplaudimos y los abrazamos, y después de que el ministro se fue, comimos mariscos a la parrilla, bebimos champán y brindamos hacia el cielo nocturno.

Pero un relámpago brilló a lo lejos en el horizonte cuando las nubes de tormenta se acercaron, y pude sentir el nerviosismo de Jeremiah saliendo de él. Tomé su mano y tiré de él hacia nuestra tienda.

—Nos vamos adentro —les dije a Paul y Derek, pero a ellos no les importó.

Estaban demasiado envueltos el uno en el otro, bailando lentamente bajo las estrellas con música que solo ellos podían escuchar.

Una vez que estuvimos dentro de nuestra tienda, puse mi mano en la mejilla de Jeremiah. Su rostro se suavizó bajo las luces de hadas.

—¿Estás bien?

Asintió.

—Gracias por entenderme.

Lo besé suavemente.

—Siempre que lo necesites.

Acercó su frente a la mía.

—Fue una ceremonia hermosa.

—Estoy completamente de acuerdo.

Y dios, quería decirle.

Estaba justo en la punta de mi lengua, y mi mente ardía sabiendo que esa pequeña caja estaba justo ahí en mi bolsa de lona.

¿Debería decirle ahora?

Podría…

Pero no. Quería estar en el búnker.

Jeremiah pasó su dedo por un lado de mi cara.

—¿Seguro que estás bien?

Asentí.

—Sí.

—¿Seguro? Porque estoy cansado y quería quedarme dormido contigo dentro de mí —murmuró—. Pero si no estás preparado para eso...

Solté una carcajada y tomé su barbilla entre mi pulgar y mi índice.

—Oh, estoy preparado para eso.

A LA MAÑANA SIGUIENTE, POCO DESPUÉS DEL AMANECER, dejé a Jeremiah en la cama y fui a buscar el desayuno y encontré a Paul y Derek en la cocina. Derek había atrapado a Paul contra el mostrador y le estaba chupando el cuello. Ni siquiera se detuvo cuando me vio. Simplemente sonrió.

Paul se rio.

—Buenos días.

—Sí, lo son —dije—. No os detengáis en mi nombre. Solo estoy aquí por algo... —Abrí la nevera—. Comida.

—¿Os vais esta mañana? —murmuró Derek, su boca aún en el cuello de su esposo.

Resoplé.

—Sí. Tan pronto como Jem se despierte. —Tomé un poco de fruta y yogur y palmeé el hombro de Derek—. Si no estáis cerca, no tocaremos para despedirnos.

—Bien —murmuró Paul, y cuando llegué a nuestra

tienda, me volví para ver que Paul estaba ahora frente a Derek, con las manos en la cara, en un beso profundo.

Estaba sonriendo cuando entré, y Jeremiah me refunfuñó desde la cama.

—No estabas aquí.

—Buenos días, dormilón —dije—. Te estaba sirviendo un poco de desayuno. Paul y Derek están montando un pequeño espectáculo en la cocina. Probablemente deberíamos irnos.

Se sentó.

—Oh. ¿Un espectáculo? ¿Algo bueno?

Me reí.

—¿No tuviste suficiente anoche?

Negó con la cabeza y se dejó caer sobre la cama.

—Parece que no.

Quité la tapa del yogur, agregué una cuchara y se lo entregué.

—Come. Tenemos que bajar por la cresta.

Tomó el yogur y volvió a sentarse, esta vez con el ceño fruncido.

—Oh, sí. Mi pista de cerdos salvajes favorita. Nada como un descenso vertical por la ladera de la montaña para despertarme.

Pelé el plátano y simulé tragarlo profundamente antes de lamerlo en toda su longitud.

—Tengo planes para ti esta tarde, así que date prisa y come.

Miró el plátano y luego negó con la cabeza.

—Usar promesas de sexo como herramienta de soborno es increíblemente manipulador.

Mordí el plátano.

—Pero es efectivo. Ahora come.

Media hora más tarde, alimentados, duchados y con todo recogido, estábamos de regreso en el Jeep. Paul y Derek no se encontraban por ninguna parte, así que no pudimos despedirnos, pero toqué la bocina al salir.

Y por la ladera de la montaña nos fuimos.

Jeremiah solo maldijo y me miró con malos ojos unas cuantas veces, y pronto estábamos deteniéndonos en el búnker.

Ahora estaba sonriendo.

Realmente le encantaba estar aquí. El aislamiento, la aspereza del lugar. Era esencialmente básico y rudimentario, y nada más.

Levantamos las paredes laterales y comprobé que no hubiera invitados. Me aseguré de que la ducha y el inodoro estuvieran libres de ranas, y Jeremiah lo limpió todo un poco.

A media tarde, hacía mucho calor y ambos estábamos sin camiseta y sudorosos, y se veía tan feliz como nunca lo había visto.

Tal vez este era mi tipo favorito de Jeremiah…

Teníamos un ordenador portátil para monitorear el clima y trajimos su nueva estación meteorológica automática. También llevaba su reloj y habíamos traído la correa del pecho, estrictamente por razones médicas, pero no la llevaba puesta.

Estaba mirando el radar meteorológico y yo estaba acostado en la cama, tratando de no pensar en lo que necesitaba mostrarle, preguntándome cuándo sería el momento perfecto. ¿Habría alguna vez un momento perfecto?

Cada vez que pensaba en ello, los nervios me zumbaban en el pecho como una caja llena de abejas a punto de explotar.

—Hay una mayor actividad de tormentas a punto de golpear —dijo—. Es probable que haya actividad de rayos.

Me senté.

—Jem, estaremos bien aquí.

Él asintió, aunque esa línea entre sus cejas me dijo que realmente no estaba de acuerdo conmigo.

Y luego comenzó a pasearse.

Me puse de pie y me acerqué a él, deteniendo su paseo con un fuerte abrazo.

—Sabes que estás a salvo aquí, y has estado en medio de tormentas eléctricas desde entonces. ¿Quieres decirme qué es lo que realmente te preocupa?

—Nada.

Tomé su muñeca y miré su reloj.

—Eh, tu baliza de estrés aquí dice lo contrario.

Se quejó.

—Odio este reloj.

Empujé sus caderas al ras de las mías y sostuve su mirada.

—Tuvimos tormentas aquí el año pasado y estuviste bien.

Volvió a fruncir el ceño, pero no me miró.

—Lo sé. Yo solo…

—Jem —dije persiguiendo su mirada hasta que me miró—. ¿Qué te preocupa? Dímelo.

—No estoy preocupado. Yo solo…

—¿Tú sólo qué?

—Paul y Derek —susurró.

—¿Qué hay de ellos?

—Se casaron.

—Se casaron, sí —dije.

Hubiera sonreído si no se viera tan serio. El trueno retumbó en la distancia y lo sobresaltó.

Apreté mi agarre y lo sacudí un poco.

—Cariño, ¿qué pasa?

—¿Alguna vez pensaste que era posible? —Sus ojos buscaron los míos—. Cuando eras más joven, creciendo. ¿Alguna vez pensaste que casarte era algo que te sucedería?

—Claro.

Se desinfló.

—Bueno, sí. Eres bisexual. Siempre fue posible para ti. —Negó con la cabeza y trató de alejarse—. Olvídalo.

Lo abracé aún más fuerte.

—No lo olvidaré. Esto claramente te está molestando. Y honestamente, ¿qué diablos? Si me casaba con un chico o una chica. Si era gay, bisexual o heterosexual, ¿por qué importa eso?

Sus ojos buscaron los míos y suspiró.

—Lo lamento. Eso fue... No debería haber dicho eso.

Más truenos retumbaron en el cielo, más cerca esta vez.

—Jem, siempre me imaginé con alguien para siempre. Como mi madre y mi padre. Siempre quise lo que tienen.

—Nunca tuve eso. Nunca vi cómo era ese tipo de amor. —Negó con la cabeza—. Incluso cuando me enamoré de ti, nunca se me ocurrió que era posible para mí. Ni siquiera sabíamos que íbamos a ser testigos de Paul y Derek. —Tiró de su labio hacia abajo, la tristeza llenó sus ojos—. Hasta que te vi de pie allí, sonriéndome. Y pensé que... tal vez. Tal vez eso era algo que podríamos hacer.

Oh, mierda.

Oh, jodida mierda, jodida mierda.

Se llevó la mano a la frente.

—¿Y tal vez eso es algo que podrías querer hacer? ¿Conmigo? Un día. No tiene que ser ahora.

El trueno retumbó en lo alto y Jeremiah se volvió hacia la tormenta.

—¿Te importa? ¡Estoy tratando de tener un momento aquí!

Me eché a reír y lo senté en la cama.

—Quiero mostrarte algo —le dije—. Y decirte algo.

Fui a mi bolsa de lona y saqué la caja que me había estado quemando un agujero en el cerebro desde que la recibí por correo, y caí de rodillas frente a él.

—Hace un mes, después de que reservamos con Paul para venir aquí y él me llamó para preguntarme si seríamos los testigos de su boda, hablé con tu padre. Yo lo llamé...

—¿A mi padre?

Asentí, nervioso como el infierno. Esas abejas en mi pecho realmente estaban tratando de liberarse.

—Le dije que había estado pensando en pedirte que te casaras conmigo. Quería que él lo supiera. No estaba pidiendo permiso, como tal, pero quería que se sintiera incluido y recordarle que no te estaba perdiendo. —

Dejé escapar una risa entrecortada—. Y se quedó callado y pensé con seguridad que iba a decir que no. Pero dijo que estaba sorprendido de que me hubiera llevado tanto tiempo. Y me ofreció esto.

Levanté la caja, pero Jeremiah estaba atrapado mirándome a la cara.

—¿Jem?

Se sobresaltó.

—Oh, lo siento, ¿qué? Acaso tú… ¿le preguntaste a mi padre?

—Le pregunté. He estado pensando en esto por un tiempo, y bueno, Paul y Derek se me adelantaron un poco, y no quería que pensaras que solo te estaba preguntando por ellos. Simplemente me dio el empujón para hacerlo. De todos modos, tu padre me envió esto.

Le ofrecí la caja de nuevo, y esta vez la tomó.

—¿Qué es?

Era un viejo joyero.

—Ábrela.

Levantó la tapa y se quedó mirando el anillo. Parpadeó rápidamente un par de veces antes de que sus ojos encontraran los míos.

—Tully.

—Era el anillo de bodas de tu madre —dije—. Tu padre pensó que te gustaría. Dijo que tenías las manos de tu madre, pero si no te queda bien, podemos cambiarlo de tamaño. Si quieres. —Estaba aturdido, claramente. Me miró fijamente, luego de nuevo al anillo, pero todavía no había dicho nada—. O no. Está bien si tú…

Una lágrima rodó por su mejilla.

—¿Esto es de mi madre?

Asentí.

—Oh, Dios mío, Tully —dijo, una mano temblorosa sobre su boca mientras caían más lágrimas.

—Lo lamento. No quise entristecerte.

Se rio entre lágrimas y sacó el anillo de la caja. Luego me lo entregó y me ofreció su mano izquierda.

—¿Es un sí? —pregunté.

—Técnicamente no me has preguntado nada.

Resoplé.

—Jeremiah, ¿quieres casarte conmigo? Di que estarás conmigo para siempre. Que vendremos aquí para siempre, a este lugar. Que perseguiremos tormentas para siempre. Que nos amaremos y nos protegeremos para siempre.

Asintió con más lágrimas y una risa, y deslicé el anillo en su dedo. Entró muy justamente.

—Ah, es posible que tengas problemas para quitarte eso —le dije.

Negó con la cabeza.

—Nunca me lo quitaré.

Me puse de pie y lo empujé hacia atrás sobre la cama, siguiéndolo para poder besarlo. Sus piernas me rodearon y lo besé, nuestras lenguas en un enredo familiar, sus manos en mi cabello.

Mientras la tormenta rugía fuera, mientras la lluvia azotaba las paredes y el trueno retumbaba bajo y profundo, él me hizo el amor. Lenta y profundamente, se deslizó adentro y afuera de mí, llevándome a ese lugar que solo él podía.

Y cuando estaba cerca, cuando mi cuerpo estaba en

el borde del precipicio, se quedó quieto. Tan dentro de mí, hasta el fondo, con los ojos muy abiertos, y se humedeció los labios.

—Rayo. Saboréalo conmigo.

Unió su boca con la mía, dándome su lengua mientras el cielo fuera se iluminaba con una sinfonía de truenos y relámpagos.

Solo para nosotros, la tormenta siguió sonando. Platillos y tambores, luces y canto. Música que solo nosotros podíamos escuchar.

Como sería para nosotros, para siempre.

FIN

LA SERIE CHICOS DE LA TORMENTA

¿Quieres leer más sobre la historia de Tully y Jeremiah?

Venciendo A La Lluvia

O donde todo comenzó con Paul y Derek

Segunda Oportunidad Al Primer Amor

INSCRÍBETE AL BOLETÍN INFORMATIVO

Para mantenerte actualizado sobre las últimas noticias, actualizaciones, obsequios y ventas, ¡puedes suscribirte al boletín informativo de NR Walker!

REGISTRATE AQUÍ

Para estar al día de las últimas novedades españolas, puede suscribirse al boletín de NR Walker.

REGISTRATE AQUÍ

SOBRE LA AUTORA

N.R. Walker es una autora australiana a la que le
encanta su género, el romance gay.
Le encanta escribir y pasa demasiado tiempo
haciéndolo, pero no lo haría de otra manera.
Es muchas cosas: madre, esposa, hermana, escritora.
Tiene chicos muy, muy guapos que viven en su cabeza,
que no la dejan dormir por la noche si no les da vida
con palabras.
A ella le gusta cuando hacen cosas sucias, muy sucias...
pero le gusta aún más cuando se enamoran.
Solía pensar que tener gente en su cabeza hablándole
era raro, hasta que un día se encontró con otros
escritores que le dijeron que era normal.
Ha estado escribiendo desde entonces...

nrwalker.net

TAMBIÉN DE N. R. WALKER

ESPAÑOL

Sesenta y Cinco Horas (*Sixty Five Hours*)

Los Doce Diaz de Navidad

Código Rojo (*Atrous Series 1*)

Código Azul (*Atrous Series 2*)

Queridísimo Milton James (*Dearest Milton James 1*)

Queridísimo Malachi Keogh (*Dearest Milton James 2*)

El Peso de Todo (*The Weight Of It All*)

Una Navidad Muy Henry

Tres Muérdagos en Raya (*Hartbridge Christmas Series #1*)

Lista de Deseos Navideños: (*Hartbridge Christmas Series #2*)

Feliz Navidad Cupido: (*Hartbridge Christmas Series #3*)

Spencer Cohen, Libro Uno

Spencer Cohen, Libros Dos

Spencer Cohen, Libros Tres

La Historia de Yanni

La Cometa

Davo

Hasta la Luna y de Vuelta

Segunda Oportunidad Al Primer Amor

En La Tempestad

TÍTULOS EN INGLÉS

Blind Faith

Through These Eyes (Blind Faith #2)

Blindside: Mark's Story (Blind Faith #3)

Ten in the Bin

Gay Sex Club Stories 1

Gay Sex Club Stories 2

Point of No Return – Turning Point #1

Breaking Point – Turning Point #2

Starting Point – Turning Point #3

Element of Retrofit – Thomas Elkin Series #1

Clarity of Lines – Thomas Elkin Series #2

Sense of Place – Thomas Elkin Series #3

Taxes and TARDIS

Three's Company

Red Dirt Heart

Red Dirt Heart 2

Red Dirt Heart 3

Red Dirt Heart 4

Red Dirt Christmas

Cronin's Key

Cronin's Key II

Cronin's Key III

Cronin's Key IV - Kennard's Story

Exchange of Hearts

The Spencer Cohen Series, Book One

The Spencer Cohen Series, Book Two

The Spencer Cohen Series, Book Three

The Spencer Cohen Series, Yanni's Story

Blood & Milk

The Weight Of It All

A Very Henry Christmas (The Weight of It All 1.5)

Perfect Catch

Switched

Imago

Imagines

Imagoes

Red Dirt Heart Imago

On Davis Row

Finders Keepers

Evolved

Galaxies and Oceans

Private Charter

Nova Praetorian

A Soldier's Wish

Upside Down

The Hate You Drink

Sir

Tallowwood

Reindeer Games

The Dichotomy of Angels

Throwing Hearts

Pieces of You - Missing Pieces #1

Pieces of Me - Missing Pieces #2

Pieces of Us - Missing Pieces #3

Lacuna

Tic-Tac-Mistletoe - Hartbridge Christmas Series #1

Christmas Wish List - Hartbridge Christmas Series #2

Merry Christmas Cupid - Hartbridge Christmas Series #3

Bossy

Dearest Milton James

Dearest Malachi Keogh

Code Red - Atrous Series #1

Code Blue - Atrous Series #2

Davo

The Kite

Learning Curve

Merry Christmas Cupid

To the Moon and Back

Second Chance at First Love

Outrun the Rain

Into the Tempest

Touch the Lightning

TÍTULOS EN AUDIO

Cronin's Key

Cronin's Key II

Cronin's Key III

Red Dirt Heart

Red Dirt Heart 2

Red Dirt Heart 3

Red Dirt Heart 4

The Weight Of It All

Switched

Point of No Return

Breaking Point

Starting Point

Spencer Cohen Book One

Spencer Cohen Book Two

Spencer Cohen Book Three

Yanni's Story

On Davis Row

Evolved

Elements of Retrofit

Clarity of Lines

Sense of Place

Blind Faith

Through These Eyes

Blindside

Finders Keepers

Galaxies and Oceans

Nova Praetorian

Upside Down

Sir

Tallowwood

Imago

Throwing Hearts

Sixty Five Hours

Taxes and TARDIS

The Dichotomy of Angels

The Hate You Drink

Pieces of You

Pieces of Me

Pieces of Us

Tic-Tac-Mistletoe

Lacuna

Bossy

Code Red

Learning to Feel

Dearest Milton James

Dearest Malachi Keogh

Three's Company

Christmas Wish List

The Kite

Davo

Learning Curve

Merry Christmas Cupid

To the Moon and Back

Second Chance at First Love

Outrun the Rain

LECTURAS GRATUITAS:

Sixty Five Hours

Learning to Feel

His Grandfather's Watch (And The Story of Billy and Hale)

The Twelfth of Never (Blind Faith 3.5)

Twelve Days of Christmas (Sixty Five Hours Christmas)

Best of Both Worlds

OTRAS TRADUCCIONES

Portugués

Sessenta e Cinco Horas

Italiano

Fiducia Cieca (Blind Faith)

Attraverso Questi Occhi (Through These Eyes)

Preso alla Sprovvista (Blindside)

Il giorno del Mai (Blind Faith 3.5)

Cuore di Terra Rossa Serie (Red Dirt Heart Series)

Natale di terra rossa (Red dirt Christmas)

Intervento di Retrofit (Elements of Retrofit)

A Chiare Linee (Clarity of Lines)

Senso D'appartenenza (Sense of Place)

Spencer Cohen Serie (including Yanni's Story)

Punto di non Ritorno (Point of No Return)

Punto di Rottura (Breaking Point)

Punto di Partenza (Starting Point)

Imago (Imago)

Il desiderio di un soldato (A Soldier's Wish)

Scambiato (Switched)

Tallowwood

The Hate You Drink

Ho trovato te (Finders Keepers)

Cuori d'argilla (Throwing Hearts)

Galassie e Oceani (Galaxies and Oceans)

Il peso di tut (The Weight of it All)

Upside Down

Francés

Confiance Aveugle (Blind Faith)

A travers ces yeux: Confiance Aveugle 2 (Through These Eyes)

Aveugle: Confiance Aveugle 3 (Blindside)

À Jamais (Blind Faith 3.5)

Cronin's Key Series

Au Coeur de Sutton Station (Red Dirt Heart)

Partir ou rester (Red Dirt Heart 2)

Faire Face (Red Dirt Heart 3)

Trouver sa Place (Red Dirt Heart 4)

Le Poids de Sentiments (The Weight of It All)

Un Noël à la sauce Henry (A Very Henry Christmas)

Une vie à Refaire (Switched)

Evolution (Evolved)

Galaxies et Océans (Galaxies and Oceans)

Qui Trouve, Garde (Finders Keepers)

Sens Dessus Dessous (Upside Down)

La Haine au Fond du Verre (The hate You Drink)

Tallowwood

Spencer Cohen Series

Alemán

Flammende Erde (Red Dirt Heart)

Lodernde Erde (Red Dirt Heart 2)

Sengende Erde (Red Dirt Heart 3)

Ungezähmte Erde (Red Dirt Heart 4)

Vier Pfoten und ein bisschen Zufall (Finders Keepers)

Ein Kleines bisschen Versuchung (The Weight of It All)

Ein Kleines Bisschen Fur Immer (A Very Henry Christmas)

Weil Leibe uns immer Bliebt (Switched)

Drei Herzen eine Leibe (Three's Company)

Über uns die Sterne, zwischen uns die Liebe (Galaxies and Oceans)

Unnahbares Herz (Blind Faith 1)

Sehendes Herz (Blind Faith 2)

Hoffnungsvolles Herz (Blind Faith 3)

Verträumtes Herz (Blind Faith 3.5)

Thomas Elkin: Verlangen in neuem Design

Thomas Elkin: Leidenschaft in Klaren Linien

Thomas Elkin: Vertrauen in bester Lage

Traummann töpfern leicht gemacht (Throwing Hearts)

Sir

Tailandés

Sixty Five Hours (Traducción al Tailandés)

Finders Keepers (Traducción al Tailandés)

Chino

Blind Faith (Traducción al Chino)

Japonés

Bossy